KB252767

물푸레나무 주술을 듣다

안현심 평론집

새미

◆ 책머리에

　‘문학평론가’라는 이름을 얻은 지 삼 년째 접어든다. 국문학 연구자로서 피해 갈 수 없는 길이라고 판단하여 등단을 결심했지만, 아직도 문학평론에 대해 명쾌하게 정의내리기는 곤혹스러울 뿐이다. 그런데도 나름대로 창작과 비평의 관계를 숙고한 바는 이러하다.

　독자들은 비평에 기대어 작품성을 판단하려는 성향이 있는데 이것은 위험한 발상이다. 평론가가 문학이론을 원용하여 작품을 해석·평가할 수는 있지만 그러한 행위가 작품을 총체적·입체적으로 비평한 것이라고 단정할 수 없기 때문이다. 비평은 문학이론이라는 지식을 기반으로 하여 삶의 지혜가 가미되고 인간의 도리까지 반영되었을 때 그 이름에 광채를 더할 것이다.

　문학작품이 한 측면에서만 해석·평가되는 것을 우려하여 일찍이 바흐친은 형식과 내용을 재고해야 한다고 역설하였다. 러시아 형식주의자들은 지나치게 형식적인 측면을 강조하였고, 마르크스주의자들은 지나치게 내용만을 강조하는 경향이 있었기 때문이다. 바흐친의 이러한 견해가 바로 ‘대화주의’, ‘다성주의’ 시학 이론이다. 이처럼 세상의 모든 이치는 지나친 것과 미치지 못하는 것을 경계해왔다. 노장이 추구하는 ‘도道’가 그렇고, ‘중中’의 자리가 그렇지 아니한가.

비평을 어떻게 해야 할 것인가 하는 문제에 직면했을 때 비평 역시 창작정신에 의해 탄생한다는 사실을 간과해서는 안 된다. 비평은 텍스트를 통해서만 태어나는 특수한 창작품인 것이다. 따라서 평론가는 텍스트를 칭찬하거나 비하하는 데 치중하지 말고 자신의 창작품에 대해 숙고하는 것이 바람직하다. 텍스트를 비평함과 동시에 은유세계를 함의한 작품을 탄생시켜야 하는 것이 비평가의 지난한 숙명의 길이다.

이 책은 한 평론가의 숙명이 채색된 흔적들의 집산이다. 출발선상에 위치한 비평가의 풋내를 배제하기 어렵겠지만, 노력하는 열매는 반드시 익는다는 명제를 옹호하며 발걸음을 내딛을 뿐이다.

2012년 4월의 양지녘에서
안현심 쓰다

목   차

제2부   영원한 술래의 빛

제1부

◆

◆

◆

◆

◆

‘텅 빈’ 고독과 우주적 전일성

신화의 재문맥화

◆

서정주의 『산시』

들어가면서

서정주는 동아일보 신춘문예에 시 「벽」(1936년)이 당선된 후 지속적으로 시세계를 개진해가며 한국 현대시의 발전과 동행해왔다. 임종하기 두 달 전 중앙일보 인터뷰에서 밝혔듯이, 그는 언제나 현역의 시인이기를 바랐고 또 그렇게 불리기를 소망했다. "발표는 안 해도 내 가슴속에는 항상 새로운 시가 쓰이고 있어. 그래 심장이 이렇게 뜨겁지 않은가. 그런 시인은 죽어서까지도 영원한 현역으로 남는 거야. 독자들 가슴속에서 매양 새롭게, 뜨겁게 쓰이고 있을 테니까." 생의 마지막 순간까지도 현역이기를 소망했던 시인의 의지가 끊임없이 새로운 세계를 탐색하도록 추동한 셈이다.

시세계가 다양하게 확대되었던 만큼 그의 작품에 대한 해석과 평가에도 동서양의 철학과 사상이 동원되어야 했다. 그러나 『질마재 신화』까지 변별성을 획득해가며 긴장감을 안겨주던 그의 시들이 일곱 번째 시집부터는 그 상승구도가 무너지고 만다. 그것은 순발력을 요구하는 시의 특성상 나이가 들수록 감성이 무디어지고 열정이 감소하는 등 여러 요인이 작용했기 때문일 것이다. 그러나 창작에 대한 치열성과 긴장감은 다소 느슨해졌다고 해도 후기 작품에는 그 지점의 정신세계가 내재하기 마련이다. 따라서 시 창작에 일생을 바친 경우 후기 작품에 대한 천착은 꼭 필요하다.

서정주의 초·중기 시집들이 변별적인 시세계를 열어나갈 때 그 모두를 함유하면서 저변을 관류한 정신은 떠돌이 의식이었다. 서정주는 사회문화에 부합하지 못하고, 즉흥적이며 법과 제도에 얽매이지 않으려는 디오니소스 성향을 지니고 있었다. 자신의 삶이 떠돌이임을 인지한 서정주는 연속적으로 시집의 제목들에도 '떠돌이의 시', '늙은 떠돌이의 시', '80소년 떠돌이의 시'와 같이 '떠돌이'라는 말을 붙이게 된다. 그는 한 고장에 머물러 살지 못하였고, 한 직장에 매여 있지 않았으며, 인간관계 또한 끊임없이 변주해온 디오니소스였다.

63세 되던 1977년, 서정주는 경향신문사와 동국대학교의 도움으로 10개월간에 걸치는 세계 여행을 시작한다. 세계를 여행하면서 시적인 감동을 체험해보고 싶었지만 서양이 근대 이후 만들어온 과학문명은 위험하고 삭막한 것일 뿐으로, 시적인 매력을 주기는커녕 절망감만 안겨주었다고 한다. 그럼에도 여행 중에 '산'에 깊은 관심을 갖게 된 것은 다행스러운 일이 아닐 수 없다.

대지로부터 높이 솟은 산봉우리는 인간의 소원을 이루도록 해주는 신들과 천상의 존재들, 초인적인 존재들과 성자들의 거처로서 기능해왔다. 특히 히말라야는 세계의 중심 산봉우리이자 우주의 수직 축으로서 시바 신이 즐겨 찾는 행락지이기도 하였다. 그리스 신화의 '올림포스 산' 역시 신들의 제왕 제우스의 거처인 동시에 신들의 집합 장소였으며, 중국의 '곤륜산'은 서왕모와 황제를 비롯한 여러 신들의 거처였다.

서정주는 여행을 다녀온 후 아침마다 세계의 산 1,628개의 이름을 외우며 하루를 열었다고 한다. 나이든 그에게 산은 자연 현상과 우주 운행의 원리를 인식시켜주는 영매였는지도 모른다.

― 「나는 아침마다 이 세계의 산 1,628개의 이름들을 불러서 왼다」 전문

유랑의식과 더불어 서정주의 시를 논의하는 데 빼놓을 수 없는 것이 신화적 상상력이다. 신화적 상상력은 서정주의 초기 시부터 마지막 시집까지 일관적으로 등장하지만, 이 글에서는 열세 번째 시집 『산시』를 주목하고자 한다. 『산시』 무렵은 서정주의 생체 연령이 76세로 노령에 속하지만 그동안 추구해온 정신세계가 완결되는 지점이기도 하다.

젊은 시절엔 보들레르에 심취하여 창작의 시발점을 찾았던 그가 동양의 토양으로 돌아와 신라정신에 심취하기도 하고, 한국의 역사서에서 소재를 얻었던 시적 행로에서 그는 신화적 상상력을 도외시한 적이 없었다. 따라서 신화를 배제하고는 서정주의 작품을 제대로 간파하기 어렵다는 판단이다.

영원과 잠

서정주는 유토피아로서의 '신라'를 발견하고, 신라정신의 핵심을 '영원'으로 함축한 후 그에 대한 지향을 심도 있게 추구하였다. 그가 영원에 접근하게 되는 경위에 대해 서술한 바를 보면, 때로 매우 구중충하고 따분한 자기의 시름을 어쩌지 못할 때 좋은 향을 사르고 맡는 데 몰입하여 향내가 뻗치어 가는 곳으로 마음을 보내노라면, 자연히 하늘 끝 언저리와도 만나게 되고, '영원한 시간의 역사 속의 목숨'이라는 자기의식을 느끼게도 되면서 저 혼자의 딱함에 자지러질 필요가 없다는 용기도 얻기 마련이라고 하였다(『미당수상록』, 민음사, 1976).

이와 같은 서술은 불교적 윤회의 시간 인식이 바탕이 되었다고 할 수 있다. 그가 기억하는 신라는 역사의 시간 속에 흘러가버린 왕국이 아니라 순환의 시간 속에서 영원히 존재하는 유토피아였던 것이다.

> 나 에베레스트를 비롯해서
> 히말라야 전 산맥의 산들을
> 가는 떡가루처럼 두루 빻아
> 사억삼천이백만 년이 지날 때마다
> 그 가루 한 개씩을 헐고 가서
> 그걸 모다 뿌려 마친 시간의 길이도

그건 역시나 가한수라
처음도 없고 끝도 없이 영원키만한
자기의 정신생명에 견줄 수는 없다고
또렷또렷 제자들을 타이르고 있던
네팔의 석가모니
그런 사내를
나는 아직도 더 본 일이 없다.

　　　　　－「어느 맑은 날에 에베레스트산이 하신 이야기」 일부

　　이 시작품에는 죽음 직전까지 영생사상을 설파하고 있는 석가모니의 모습이 그려지고 있다. 그는 정신생명의 영원성에 대해 제자들에게 이르기를, 히말라야 산맥들을 두루 빻아서 "4억3천2백만 년이 지날 때마다/ 그 가루 한 개씩을 헐고 가서/ 그걸 모다 뿌려 마친 시간의 길이"와도 견줄 수 없을 만큼 "처음도 끝도 없이 영원키만" 하다고 가르친다. 인도 신화에서 4억3천2백만 년은 우주적 시간으로 적용한 창조주 '브라흐마'의 하루이며, 창조된 우주가 존속되는 기간이기도 하다.

　　인도 사상은 지구의 극단적인 왜소함과 지상적 존재의 덧없음, 지상에서의 소유의 덧없음을 강조해왔다. 지구가 거대한 공간 속의 한 점에 불과하다면 삶은 시간이라는 바다의 작은 물결에 지나지 않으며, 무수한 존재들이 생멸하는 가운데 물질은 우주의 미세한 부분을 차지할 뿐이다. 수 세기를 거쳐 완성된 문명조차도 유일한 것이 아니며, 시작도 없고 끝도 없는 시간 속에 무수히 많은 황금의 시대와 철의 시대가 존재하면서 번영과 퇴락, 문명과 야만, 융성과 쇠퇴가 시간의 수레바퀴를 따라 끊임없이 교차한다는 것이다.

　　인도 사상의 형이상학적 조망은 윤리적·종교적인 측면에서 인도인들에게 폭넓은 인생관을 지니도록 도와주었다. 그것은 무상한 것을 영속적인 것으로 여겨 집착하지 않도록 하였으며, 영원한 가치에 대한 안목을 길러주었다. 석가모니 역시 인도 사상의 지배를 받던 힌두 인도의 한 수행자였다. 가비라성의 왕자로 태어나 궂은 것, 불행한 것을 보지 못하도록 보호받았으나 삶은 고통이라는 것을 깨닫게 되고, 그 문제를 해결하기 위해 숲으로 들어간 은둔자 중의 한 사람이었다. 따라서 석가모니가 정신생명의 영원성에 대해 물리적인 시간으로는 척도할 수 없다고 설파한 것은 당연하다고 하겠다.

시 「어느 흐린 날에 에베레스트 영봉이 하신 이야기」에서는 중국 치완족의 한 여인이 해를 찾아가는 과정이 형상화된다. 그들의 땅은 낮은 곳에 위치하고 있어서 항상 어두웠는데 자신들의 땅에도 햇빛을 비춰달라고 간청하기 위해서 길을 떠난 것이다. 그 여인은 아이를 임신하고 있었고, 그러한 사실이 해를 찾아가는 사람으로 선정된 이유였다. 해를 찾아가는 길은 멀고도 험해서 여인은 가는 도중 아이를 낳았고, 아이와 함께 가던 여인이 늙어서 죽자 아이는 혼자서 해를 찾아간다. 아이가 해를 만난 것은 어머니가 길을 떠난 지 꼭 백년이 되는 시점이었다. 목적을 이룬 아이는 귀로에 들지만 돌아오는 도중에 또 죽게 될 것이라고 시는 형상화한다.

이 시에 등장하는 어머니와 아들은 '영원 속의 인간'을 인식하고 있었기 때문에 대를 이어 목적을 이루는 여유를 보여준 것이다. 자신들은 죽더라도 해가 그들의 땅을 비추게 될 것이라는 믿음은 '영원 사상'의 반영이라고 할 수 있겠다.

서정주는 '영원'의 시적 형상화에 '잠'을 차용하기도 하였다. 시 「선덕여왕의 말씀」에는 선덕여왕을 사모하는 '지귀'라는 사내가 등장한다. 그는 가까스로 여왕과 만나기로 약속하지만 여왕이 불공을 드리는 사이 돌탑 아래서 잠이 들고 만다. 하필 그러한 시간에 잠을 잔 '지귀의 잠'을 서정주는 이렇게 옹호한다. "그것은 말하자면 어떤 일에도 군색하게는 집착하지 않는다는 '무저無著'의 정신이라는 것을 은유하고 있는 잠으로서, 무저의 정신은 이 엉뚱한 지귀의 잠 속에만 있는 게 아니라, 신라의 화랑정신 속에 언제나 많이 들어 늘 작용해온 아주 중요한 것의 하나다."(『서정주문학전집』 제4권, 일지사, 1972)

"어떤 일에도 군색하게 집착하지 않는다는 무저의 정신"은 지상 존재의 덧없음과 물질의 소유에 대한 덧없음을 강조한 인도 사상과 동일한 맥락을 지닌다고 할 수 있다. 그런데 무저의 정신은 지귀뿐만 아니라 신라의 화랑정신에 늘 내재하여 작용해왔다는 것이다. 무저의 정신이 영원과 동일한 맥락을 지닌다면 서정주의 '영원'은 인도 사상에서 인유해온 것이라고 추론할 수 있겠다. '영원'이라고 부를 수 있는 무저의 정신을 그는 '지귀의 잠' 속에서 찾아낸 것이다.

힌두 신화에서 천지를 창조한 '비슈누'와 중국 신화의 천지 창조자 '반고'의 공통적인 특징은 '잠'을 잔다는 것이다. "비슈누는 잠잔다. … 대양의 불멸하는 본체 위에서 홀로 있는 하나의 커다란 형상이 부분적으로 물에 잠긴 채, 부분적으로는 물 위에 뜬 채로 그는 선잠을 즐긴다."(『인도의 신화와 예술』, 대원사, 1997) 반고 신화에서도 거인은 커다란 몸을 웅크리고 혼돈의 소용돌이인 알 속에 갇힌 채 깊고 깊은 잠에서 깨어날 줄을 모른다.

비슈누가 대양에 몸을 담근 채 잠을 자는 형상은 우주의 실체이자 지고의 존재로서, 침묵으로 우주 일체를 관할하고 있음을 암시한다. 비슈누의 잠은 의식이 관여하는 선잠으로 표현되지만, 반고의 잠은 천지가 창조되기 전 혼돈 속의 깊은 잠으로 구현된다. 그러한 차이가 있는데도 불구하고 두 잠은 동양적 시간의 순환 고리 안에서 '영원'의 의미를 함축한다고 할 수 있다. 잠은 무의식의 세계이며 비시간의 영역으로서 영원과 동일한 맥락으로 해석해도 좋을 것이기 때문이다.

시 「그리스의 파르나소스산과 나의 대응」에서는 달의 여신 씨레네가

라트무스 산자락에 잠들어 있는 양치기 청년 엔디미온에게 몰래 다가가 입을 맞추는 모습이 형상화된다. 그러다가 입맞춤하는 행위로 만족하지 못한 씨레네는 아버지 제우스의 힘을 빌려 엔디미온을 영원히 '잠들어 있는 신'으로 만들어버린다. 여기서 '엔디미온의 잠' 역시 '영원'과 무관하지 않다. 씨레네는 유한한 시공간에 존재하는 대상과의 사랑을 신뢰할 수 없었으므로 엔디미온을 영원히 잠재운 후 일방적인 사랑을 행사한 것이다. 즉 '잠'이라는 비시간의 영역에 엔디미온을 가둠으로써 자기 감정을 지속시킬 수 있다고 믿은 것이다.

춤과 음악

인도 신화에서 무용수는 범상한 힘을 부여받은 존재로 상정된다. 춤은 신의 체험과 자신의 신비스런 본성의 실현, 신적인 본질에의 몰입을 가져오는 매개체로서 명상 행로의 엄격성과 함께 번성하였다. 시바는 우주적 무용수라 할 수 있으며, 자신의 '춤추는 현현'에서 자기를 구체적으로 표현함과 동시에 영원한 에너지의 현현을 묘사하기도 하였다. 시바의 끊임없는 동작의 선회 속에 끌어 모으고 투사시킨 힘들은 세계의 진화와 유지 및 소멸의 힘들이다. 따라서 자연과 우주의 모든 피조물들은 그의 영원한 춤의 결과물이라고 할 수 있다.

> 이 난다데비산 위의 하늘에서는
> 아조 신나게 춤을 잘 추는
> 이쁜 선녀가 살고 있었는데요.
> 이 선녀가 춤을 추면은
> 이 세상 수풀의 나뭇잎 꽃잎들도
> 그 가락에 맞추어 너울거렸고,

새들의 목청도 거의 어울려
어여쁜 울음소릴 자아내었고,
사람들의 가슴속에 잠기어 있던
신바람도 제절로 열리었지요.

작품에 등장하는 선녀는 춤의 신 '시바'를 구현한다. "선녀가 춤을 추면은" 나뭇잎과 꽃잎들도 가락에 맞춰 너울거리고, 새들도 춤가락에 맞춰 울음소릴 자아내는데, 꽃잎이 너울거리고 새들이 울음소릴 자아낸다는 형상화는 창조적 생명운동이 활발하게 진행되고 있음을 나타낸다. 창조적 생명운동은 "사람들의 가슴속에 잠기어 있던 신바람"을 돋우는 매체로 작용하기도 한다.

시바의 춤은 신의 자애로운 측면과 복수심에 가득 찬 측면을 현현하는 상반성을 지니고 있다. 폭발적이며 맹렬한 춤 '탄바다'는 광적인 에너지의 폭발로서 일대 혼란을 불러오지만, 우아하고 서정적인 춤 '라시야'는 감미로움이 넘쳐흐르며 자비심과 사랑의 감정을 묘사한다. 우주의 모든 피조물이 시바의 춤의 결과라고 한다면 새들이 노래하고 나무와 수풀이 너울거리는 현상 또한 그의 춤의 결과라고 할 수 있겠다. 신바람을 일깨우고 노래와 춤을 이끌어내는 선녀의 춤은 자비로운 측면을 현현하는 춤이다.

신적인 에너지의 광적인 발로인 탄바다 춤은 파괴적인 에너지들을 일깨우고 적을 대혼란에 빠뜨리도록 안무된 전쟁의 춤인 동시에 기고만장한 승리자의 춤이기도 하다. 이에 관련된 신화에서 시바는 코끼리 모습을 한 거대한 악마를 물리친 정복자로 나타난다. 시바는 적이 지칠 때까지 춤을 추도록 유도한 다음 그가 쓰러져 죽자 가죽을 벗겨 피가 뚝뚝 떨어지는 승전물을 망토처럼 걸치고 승전무를 춘다. 박자에 맞춰 정교한

춤을 추는 그의 손에는 영웅 지배자의 전형적인 무기인 삼지창과 지고
한 무관심의 상징인 고행자의 탁발 그릇이 들려져 있다. 그는 도마뱀처
럼 날씬하고 뱀처럼 우아한 날렵함을 지닌다(『인도의 신화와 예술』, 대
원사, 1997).

> 요로코롬 이 몸이 깔보이는 바람에
> 북쪽에서 가끔 날아와
> 내 산 위에 한때씩 앉아 쉬어서 가던
> 기러기란 놈이 다
> 밤길의 플래시용으로나 쓰겠다고
> 나를 훔쳐서
> 제 등때기 속의 주머니에다가
> 집어넣어 가지고 다니기까지 했지.
> 정말 참 말씀이 아니었네.
>
> 그래서 이곳 사람들은
> 올가미를 여러 개 꾸미어 놓고
> 삼바춤을 추면서
> 이 기러기를 몰아
> 옭아 잡아 죽이고
> 이 몸을 되찾아내 차지하긴 했지만,

―「브라질의 태양산의 신령께서 하소연하시기를」일부

이 작품은 '태양신'이 자신의 처지를 하소연하는 형식으로 형상화된
다. 브라질은 너무 더운 곳이라 태양신의 많은 공로에도 불구하고 사람
들이 자신을 싫어한다는 것이다. 그렇게 깔보이는 까닭에 북쪽에서 날
아와 한때씩 쉬어가던 기러기마저 밤길의 플래시로나 쓰겠다고 태양신
을 등에 넣어가지고 다니는 일까지 벌어진다. 태양이 강렬하면 더위와

가뭄으로 수난을 당하지만, 아주 사라져버리면 창조적인 생명운동을 할 수 없어 고통스러울 수밖에 없다. 따라서 태양신을 볼 수 없게 된 "이곳 사람들은/ 올가미를 여러 개 꾸미어 놓고/ 삼바춤을 추면서" 기러기를 옭아 잡아 죽이기로 합의한다.

삼바춤을 추면서 기러기를 잡아 죽이기로 합의하는 것은, 시바가 탄다바 춤으로써 코끼리 악마를 죽음으로 유도한 사건과 동일한 맥락에서 이해할 수 있다. 여기서 삼바춤은 자비의 춤이 아니라 기러기를 잡아 죽이는 전쟁의 춤으로 기능한다. 브라질 사람들이 기러기를 죽이는 일에 극단의 양면성을 지닌 춤의 상상력을 원용한 것은 낯설지 않은 신화적 해석이 될 것이다.

나.
「유고의 산들에는
멋지고 이쁜 산색시 <비라>들이 산다면서?」

트리글랍.
「달빛이 처량하게 밝은 밤에는
목동의 피리소리에 맞추어
아조 썩 춤도 잘 추고
늙을 줄도 모르고……」

나.
「야 그건 선녀로군 선녀야
그래
마을 사내들하고 눈이 맞아서
잘 지내기도 하는가?」

트리글랍.
「글세.

잠시라면 몰라도

오래 함께 살기는 아마 어려울걸세.

왜냐면 말씀야

이 산의 비라들이 쇠약해서 눈이 침침해지면

눈 밝은 사내들의 눈기운을 빼다가 말이야

가장 달빛이 밝은 산의

전나무 밑에 모아 두고 말이야

그 힘으로 앞을 잘 보고 지낸다니 말이야.

우리네하고는 가끔 춤은 같이 추지만

정 다 주고 상대할 수는 없는 여자들일세」

–「유고의 산색시 <비라>에 대해서」 일부

　인도에는 고피들the Gopis의 달빛 애인moonlight lover이라는 '푸라나'가 전승된다. 그 주인공은 매력적인 청흑색의 소년–구세주 크리슈나Krishna 이다. 궁중시인 자야데바는 「목동의 노래」에서 그 내용을 훨씬 에로틱하게 다시 썼는데, 그 일부를 간취하면 이렇다.

　"어느 달밤에 숲속에서 흘러나오는 고독한 피리 소리는 여인들의 가슴을 파고들었다. 하얀 수련 향기가 대기 중에 짙게 드리우자 고피들은 모두 잠속에서 꿈틀거렸다. 심장이 두근거리고 눈이 뜨이면서 그림자처럼 집을 빠져나온 여자들은 피리 소리에 맞추어 젊은 신과 자유롭게 놀았다. 연잎처럼 생긴 신의 손이 가슴과 머리를 쓰다듬어주기를 간절히 원하며 고피들은 이끌리듯 춤을 추었다."

　「유고의 산색시 <비라>에 대해서」에 등장하는 '비라'들은 「목동의 노래」에 등장하는 '고피'들과 동일한 원형을 지니고 있다. "목동의 피리 소리에 맞추어/ 아조 썩 춤도 잘 추고/ 늙을 줄도 모르"는 비라들은 사랑의 기술자로 알려진 젊은 신에게 매료되어 숲의 잔치에서 헤어날 줄을 모른다. 서정주는 비라들에 대하여 "잠시라면 몰라도/ 오래 함께 살기

는” 어려우며, 가끔은 자신들과도 춤을 추겠지만 “정 다 주고 상대할 수
는 없는 여자들”이라고 판단한다. 그러나 신화 속의 고피들은 달밤의 황
홀경이 끝났을 때 그들의 남편에게 돌아왔고, 아내가 계속 옆에 있었다
고 생각한 남편들은 질투하지 않았을 뿐만 아니라, 세계를 창조하고 유
지하는 비슈누의 환상의 힘에 의해 더욱 충만해졌을 뿐이다.

‘고피들의 달빛 애인’에 관한 신화의 원형은 후대의 종교와 신화에 지
대한 영향을 미친다. ‘달빛 애인’으로 표현되는 ‘주’의 원형은 기독교의
‘예수’, 불교의 ‘석가모니’, 이슬람교의 ‘마호메트’ 상에 영향을 미치며,
그리스 신화에서는 ‘디오니소스’로 변형·발전되기도 한다. 여기서 고
피들은 주를 믿고 따르는 무리, 즉 신자들이라고 할 수 있다. 그러면 왜
‘주’와 그를 따르는 자들과의 성스러운 교감을 춤으로써 매개하였을까?
우리는 시바의 춤이 신의 체험과 자신의 신비스런 본성의 실현까지도
현현하는 우주적인 행위라는 사실을 인지한 바 있다. 이러한 사실을 이
해할 때 그 의문은 해결될 것이다.

하지만 이 작품은 신화의 의미를 배제한 채 ‘달밤의 잔치’에만 초점을
맞추어 형상화하였다. 서정주가 목동과 비라들의 춤잔치를 세속적으로
풀어낸 것은 시인의 주관에 의한 것이라고 하겠다.

원시종합예술에서 춤과 함께 중요하게 다루어진 것은 음악이다. 신화
집『산해경』은 혼돈을 ‘제강’이라는 새로 묘사하고 있다. 제강은 눈·코
·입·귀가 하나도 없이 자루 같은 형상을 하고 붉은 빛을 띠며, 여섯 개
의 다리와 네 개의 날개를 지니고 있다. 이 새는 춤과 노래를 잘할 뿐만
아니라 아주 즐겼다고 한다. 보고 들을 수도 없는 혼돈의 신이 어떻게 가
무를 즐겼을까? 신화시대의 노래와 춤은 단순한 음악이나 무용이기 이
전에 우주의 소리와 움직임을 현현하는 상징적 행위였다. 소리와 움직
임이야말로 우주의 ‘살아 있음’에 대한 증거이며, 우주의 충만한 에너지
의 흐름을 흉내 낸 것에 다름없는 것이었다.

　　알타이 산자락에서 유목을 하는 몽골인들에게는 '목노래'라고 하는 '후미khoomei'가 전해온다. 후미는 인간의 몸을 악기 삼아 '알타이 산'에 육성으로 바치던 성스러운 '소리'였다. 그들은 괴로울 때나 기쁠 때 자신들의 기원을 담아 후미를 불렀다. 승려는 길을 가다가 냇가에 앉아서 물소리의 흐름에 후미로써 화답하였으며, 유목민들은 어미염소가 새끼에게 젖을 먹이려 하지 않을 때도 후미로써 마음을 돌려놓았다. 후미는 자연에 의지하여 살던 사람들이 자연과 소통하던 자연의 소리인 셈이다.

> 이 나라에 기막힌 일이 생기면
> 누가 켜는 것인지 아스라한 바이얼린 소리가
> 내 산의 굴곡하는 선을 타고 흘러나갔지.
>
> 평화하고 자유로워 살기 좋은 때가 오면
> 내 산에선 바이얼린의 무곡이 울려나가
> 사람들을 기쁨에 춤추게 하지만,
> 악마들의 힘이 이 나라를 눌러서
> 어서 도망쳐 살라고
> 비곡과 둔주곡이 울려 나갈 때에는
> 사람들은 재빨리 피해 숨어서 살았지.

—「헝가리의 케케스산이 말씀하기를」 일부

　　현대 음악은 인간 생존의 문제보다는 미적 추구에 비중을 두지만, 고대의 음악은 인간의 목숨과 긴밀한 관계를 맺고 있었다. 인용한 작품 「헝가리의 케케스산이 말씀하시기를」에서도 바이올린 소리는 단순한 악기 소리가 아니라 나라의 길흉을 예언해주는 신적인 소리로 형상화된다. 사람들은 바이올린이 무곡舞曲을 울려주면 기뻐서 춤을 추었고, 비곡悲曲을 울려주면 좋지 못한 일이 일어날 것을 예측하여 피신하였다. 인간

이 존재의 유한성을 절대자의 힘으로 극복하려고 했던 것처럼 산에서
울려오는 악기 소리에 의지해 길흉을 예측한 것은 신화적 상상력에 의
한 형상화라고 할 수 있겠다.

나가면서

우리들의 불행과 시련을 종료해줄 보물은 멀리 있지 않다. 그것은 우
리들의 집 가운데서도 가장 후미진 곳, 즉 우리들 자신 속에 있다. 구체
적으로는 생명과 온기를 주는 중심, 우리들 심장 속에 있다. 역설적이게
도 그것은 멀리 떨어진 지역, 낯선 나라로의 성실한 여행을 마친 뒤에야
우리에게 탐색의 눈을 열어주어 내면의 소리에 대한 의미를 알게 해준
다. 서정주가 이질적인 환경과 싸우면서도 세계 여행을 감행한 것은 그
를 놓아주지 않는 유랑의식의 체현이기도 했지만 더욱 깊게는 멀고 낯
선 것들을 경험함으로써 내면을 들여다보기 위해서였는지도 모른다.

　우파니샤드에는 "해 지는 광경의 아름다움이나 산의 아름다움 앞에
서 걸음을 멈추고 '아!' 하고 감탄하는 사람은 벌써 신의 일에 참여하고
있는 사람이다."라는 구절이 있다. 자연과 더불어 사는 인간들은 날마다
자연의 경이로움을 경험하고, 인간보다 훨씬 위대한 존재를 인식하면서
살아간다. 절대적 존재에 대한 인식은 신화를 만들고, 신화는 인간의 삶
에 관여하면서 지금도 여전히 생성·발전·변형되고 있다.

　서정주는 『화사집』에서 성서 신화적 상상력을 인유함으로써 인간의
존재조건을 욕망하는 인간으로 구현한 바 있다. 그 후 『귀촉도』부터 『서
정주 시선』까지는 관능적인 욕망의 세계를 벗어나 동양적인 내면과 감
성의 세계를 탐구했다는 것이 일반적인 견해이다. 서정주가 『삼국유사』
에 심취해 '신라정신'과 불교의 인연설, 윤회설을 서정적인 언어로써 이

미지화한 것이 바로 이 시기이다. 이후 『신라초』와 『동천』에서는 신라 정신과 새로운 동양사상을 천착하였고, '신라'와 '불교'에서 구원을 얻은 그는 고향 질마재로 시선을 돌린다. 이 무렵 서정주는 원초적인 죄의식을 완전히 탈피하고, '신화'라는 새로운 의미를 찾아내는데 그것이 바로 『질마재 신화』이다. 여섯 번째 시집 『질마재 신화』는 질마재 사람들의 진솔한 이야기를 신화적 공간으로 끌어올리면서 서정주의 시세계가 완성되었다고 평가받은 시집이기도 하다.

여섯 번째 시집까지 시세계를 완성해나간 서정주는 이후의 작품에서는 새로운 진경을 보여주지 못하고 『질마재 신화』에서 마무리한 시세계를 파편적으로 형상화할 뿐이라는 것이 논자들의 견해이다. 따라서 『산시』 역시 서정주의 후기 시들이 지니는 한계를 넘어서지 못한 것이 사실이다. 『질마재 신화』가 '질마재' 사람들의 삶을 신화적 공간으로 끌어올리는 데 성공했다면, 『산시』는 이미 존재하는 신화를 원용하여 세계의 산들을 형상화했다는 차이점이 존재한다. 그렇다면 『산시』는 『질마재 신화』의 성공을 재현해보고 싶은 욕구가 빚어낸 산물인지도 모른다. 그럼에도 불구하고 『산시』를 주목할 수밖에 없는 것은 한 권의 시집 안에 세계의 신화를 집대성함으로써 인간의 삶의 원형을 여실하게 보여주기 때문이다.

신화는 과거의 이야기지만 동시에 인간의 삶 속에 원형으로 현현되는 현재의 이야기이다. 현대인의 삶 속에 여전히 유효하게 작용함으로써 과거의 이야기로만 치부할 수 없는 것이 신화의 특징이자 존재 가치라고 하겠다. 서정주는 작품에 신화를 원용함으로써 인간 내면의 신성을 발견하려는 노력과 함께 삶의 원형을 탐구하는 전거를 남겼다고 할 수 있다.

─『유심』, 2010년 1 · 2월호

'텅 빈' 고독과 우주적 전일성

김영석의 『바람의 애벌레』

들어가면서

음과 양이 합일하여 완전한 형상을 짓고자 하는 것처럼 전일성이란 우주의 현상과 사물이 대립적 부분, 즉 결핍을 채우고자 하는 성질을 말한다. 전일성이 실현된 전일의 세계는 도道의 세계이며 태극의 세계이기도 하고, 어느 한 쪽에 치우치지 않는 중中의 자리이기도 하다. 태극론의 입장에서 보면 태극으로부터 음양이기陰陽二氣가 생겨나오고, 그로부터 무수한 대립적 사물과 현상의 분화가 일어나 천지만물이 이루어졌다고 한다. 따라서 세계는 음양이기로 수렴되는 수많은 대립과 분열과 갈등이 존재할 수밖에 없다. 인간의 욕망 또한 전일의 상실을 회복하고자 하는 의지로부터 출발한 것이라고 볼 수 있다.

시집 『바람의 애벌레』를 출간한 김영석은 '도의 시학'을 주창한 학자이기도 하다. 한국의 현대문학이 서양의 이론에 의지하여 문학을 논의해나갈 때 김영석은 동양의 '도·역리·태극·음양오행'의 개념과 논리를 원용하여 작품의 해석을 시도하였다. 이러한 시도는 문학작품 논의에 새로운 길을 제시한 것이지만, 서양 이론의 도입만이 최선이라고 여겼던 학자들은 생경한 사건으로 받아들이기도 했다.

김영석의 여섯 번째 시집을 정독하면서 동양사상의 바다에서 무화되는 자아를 발견할 수 있었다. 시인의 쓸쓸한 어깨에 한 마리 울새가 되어 앉아보기도 하고, 눈밭에서 시퍼렇게 날을 세운 파가 되어보기도 하면서 무수한 형이상形而上의 존재를 생성하는 시간이었다.

우주적 전일성의 시세계

시의 지향점이 전일의 세계라고 한다면 모든 시적 언술의 본질은 전동성의 표현일 수밖에 없으며, 시가 전동성을 추구하는 한 그것은 역설이 될 수밖에 없다. 시가 상상력에 의해 창조된다는 사실은 시적 언술의 본질이 전동성의 표현이며 역설의 형상화라는 점을 확인시켜주는 셈이다. 상상력이란 사물과 사물 사이의 대립과 차별을 극복하고, 개념과 개념을 하나로 통합하고 운용하는 힘이기 때문이다.

시가 추구하는 역설적인 세계는 힌두신화에서 시바신이 구현하는 생성과 소멸이라는 극단적인 양면성과도 맥락이 닿는다. 시바는 선잠이 든 상태로 대양에 비스듬히 누운 채 들숨과 날숨으로써 우주의 생성과 소멸을 관장하였다. 시바가 관장하는 생성과 소멸은 상호 대립·보완적 개념으로서, 이러한 실체는 도道와 태극, 중中의 자리와도 동궤에서 이해할 수 있다. 힌두신화 혹은 힌두사상의 핵심이 대립적인 양면성의 상호작용이라고 한다면, 궁극적으로 도와 태극, 중의 자리에서 만나게 되는 것을 확인할 수 있다.

무쇠 낫을 들고
숲길을 뒤덮은 푸나무를 쳐 낸다
길을 내며 나아갈수록
베어진 푸나무들이 피워 올리는
늪 같은 어둠 속으로 깊이 빠진다
오랜 세월 수많은 벌레와 새들이 죽어
마침내 이루어진 이 늪을 지나자
밤낮도 아닌 희미한 미명 속에
고인돌들이 끝없이 늘어서 있고
고인돌 속에는 아직 태어나지 않은
바람의 애벌레들이 꿈꾸고 있다
초승달 같은 낫을 들고
애벌레의 꿈을 들여다본다
어느 먼 숲을 흔드는 바람 소리뿐
꿈속은 텅 비어 있다
초승달 빛을 뿌리는 낫을 들고
텅 빈 꿈속에서
아직 태어나지 않은 바람 소리를
꿈속의 한 잎 귀가 듣는다

―「바람의 애벌레」 전문

　시인은 무쇠 낫을 들고 숲길을 뒤덮은 푸나무를 쳐내다가 그들이 내뿜는 풋내를 통해 다른 차원의 공간으로 들어간다. 그 세계는 "오랜 세월 수많은 벌레와 새들이 죽어" 형성된 어둠 같은 늪으로서 영혼의 세계, 불가시不可視의 세계라고 할 수 있다. 마침내 "밤낮도 아닌 희미한 미명 속에/ 고인돌들이 끝없이 늘어서 있"는 곳에 이르게 되는데, '밤낮도 아닌'이라는 형상화는 전일의 세계를 암시하고 있다. 이러한 세계는 밤과 낮이 분화되기 이전의 도 혹은 태극과 동일한 맥락에서 이해할 수 있기 때문이다.

"고인돌 속에는 아직 태어나지 않은/ 바람의 애벌레들이 꿈꾸고 있다"라는 형상화 역시 전일의 세계를 암시한다. 고인돌은 죽은 이의 무덤인데도 불구하고 아직 태어나지 않은 바람의 애벌레들이 존재하는 공간으로 상정되고 있는 것이다. 죽음은 존재의 종말을 의미하지만 바람은 존재의 시원을 의미한다. 따라서 고인돌은 '시작'과 '끝'을 동시에 함의하는 공간인 동시에 전일성이 실현된 자리이기도 하다.

시인은 "초승달 같은 낫을 들고/ 애벌레의 꿈을 들여다"보지만 "어느 먼 숲을 흔드는 바람 소리뿐/ 꿈속은 텅 비어 있다." 초승달은 달의 주기에서 만월이 되기 위한 시작점에 위치한다. 따라서 애벌레의 꿈을 들여다보는 화자가 지니기에 적합한 형상이었을 것이다. 그런데 시인은 왜 꿈속이 텅 비어 있다고 형상화하고 있을까.

『장자』의 「제물론」은 사람의 피리소리인 인뢰人籟와 땅의 피리소리인 지뢰地籟, 하늘의 피리소리인 천뢰天籟에 대해 말하고 있다. 인뢰는 인간이 만든 음악으로서 누구나 들을 수 있고, 지뢰는 천지만물이 내는 자연의 음악으로 예술적 경지에 이른 자만이 들을 수 있으며, 천뢰는 최고의 경지에 이른 자만이 들을 수 있다. 여기서 인뢰는 피리에서 나는 소리로, 지뢰는 천지만물의 여러 구멍에서 나는 소리로 구체화되는 반면, 천뢰는 어떻게 나는 소리인지 제시되지 않고 있다. 천뢰는 지뢰와 인뢰의 근원이요 생성원리일 뿐 그 자체로는 형상도 소리도 없는 형이상자形而上者라고 짐작될 뿐이다.

인뢰와 지뢰는 예술작품 혹은 문학작품으로 환기할 수도 있다. 따라서 "아직 태어나지 않은 바람소리"의 의미를 유추하면, 채 형상이 지어지지 않은 사물 혹은 예술작품으로 환기된다. 이들에 대한 참다운 감상은 그것들의 원천인 천뢰의 체험이 근간이 되어야 하는데, 천뢰의 체험은 주객합일의 경지, 상아喪我의 경지에서 이루어진다. 따라서 마음을 텅 비우고 상아에 이른 시인은 천뢰의 경지에서 아직 태어나지 않은 바람 소리, 채 분화되지 않은 사물과 현상을 "꿈속의 한 잎 귀"로 감지할 수 있는 것이다.

『장자』의「달생」편에는 '재경'이라고 하는 사람의 북틀 이야기가 나온다. 재경이 북틀을 만들었는데 그 형상이 신기에 가까워 사람들이 묻자, 북틀을 만들기 전에 재계齋戒하고 마음을 비운 후 나무의 천성과 자신의 천성을 합일하도록 만들었을 뿐이라고 한다. 이 이야기는 예술작품을 창조할 때도 일자의 세계가 본질로서 작용한다는 사실을 보여주고 있다. 따라서 마음이 텅 빈 경지, 주객합일의 경지는 예술작품을 창조할 때도, 예술작품을 감상할 때도 닿아야만 하는 경지이다.

존재한다는 것은 굳게 참는 것

이번 시집에 수록된 작품들은 도의 상상력이 근간을 이루지만 그러한 기법 이면에는 존재의 고독이 농밀하게 형상화되고 있는 것을 확인할 수 있다. 그것은 시인의 연륜과도 무관하지 않을 것이다. 일자인 도에서 분화된 인간은 도 혹은 자연으로의 귀의심을 지니기 마련인데, 삶의 연륜이 깊어갈수록 그러한 현상은 증폭될 수밖에 없다. 자연에 가까워지고자 하는 것은 도에 가까워지고자 하는 인간 본연의 욕망이기 때문에 현실의 자아와 욕망의 틈새에서 생성되는 고독감은 해결할 수 없는 인간의 숙명이라고 하겠다.

하늘 가까이
이마를 대고 있는 산은
새들을 낳는 푸른 자궁이고
새들이 다시 돌아와 묻히는
큰 무덤이다

나그넷길에서 홀로 떨어져
쓰러진 나무 우듬지에 앉아 있는
울새 한 마리
노을빛이 물든 갈색 등이
한 장 단풍잎처럼 곱다
남은 저녁 빛이 눈동자에서 꺼지면
울새는 흙 속으로 낙하하여
지친 날개를 되돌려줄 것이다

오늘도 산은 바람이 불면
풀잎이나 나뭇잎을 부딪치며
땅속에선가 하늘에선가
스빗시 스비시르르르
기요로 키이키리리리리
가늘고 슬픈 새소리를 낸다.

—「산과 새」 일부

　　인용시에서 '산'으로 형상화되는 자연은 도의 세계이다. 새들이 하늘을 날다가 돌아와 잠드는 산은 "새들을 낳는 푸른 자궁이고/ 새들이 다시 돌아와 묻히는/ 큰 무덤"이기도 하지만, 비로소 그들을 완전하게 품어주는 일자의 세계이다. 유한한 인간은 숙명적으로 도에의 귀의심을 지니는데 그와 같은 향수가 새들이 잠드는 산을 영원한 모성의 공간, 도의 공간으로 환기하기에 이른 것이다.

　　"나그넷길에서 홀로 떨어져/ 쓰러진 나무 우듬지에 앉아 있는/ 울새 한 마리"는 인간 세상에서 소외된 시인 자신이다. 고독한 시인의 눈에 "노을빛이 물든 갈색 등이/ 한 장 단풍잎처럼 곱"게 보인 것은 당연한 귀결이라고 하겠다. 하지만 이와 같은 형상화에는 강한 역설이 함의되어 있다. 노을과 단풍잎의 이미지는 하강과 소멸을 함의하는 바, 그 모습이 마냥 아름다울 수만은 없을 것이기 때문이다. "남은 저녁 빛이 눈동자에서 꺼지면/ 울새는 흙 속으로 낙하하여/ 지친 날개를 되돌려줄 것이다." 여기서 '흙'은 '산'과 마찬가지로 자연을 의미하며 전일의 세계이기도 하다.

새를 품은 "산은 바람이 불면/ 풀잎이나 나뭇잎을 부딪치며/ 땅속에선가 하늘에선가" "가늘고 슬픈 새소리를 낸다." '땅속에선가 하늘에선가'라는 형상화는 하늘과 땅이 모두 일자의 세계이므로 어느 곳이든 전일성이 실현되는 공간임을 의미한다. 새는 비로소 죽음으로써 자연과 합일을 이룬 것이다. 죽음은 자연과의 완전한 합일, 도에 이르는 길인데도 쓸쓸함을 동반하는 이유는 무엇 때문일까.

김영석의 시에서 존재의 쓸쓸함은 「돌에 앉아」, 「존재한다는 것」, 「종이배」, 「그대에게」 등등에서도 농밀하게 나타난다. 숲속 빈터의 너럭돌에 앉아 "긴 그림자를 끌고 와서/ 여기 앉았다 홀로" 떠났을 쓸쓸한 존재로서의 자아를 인식하기도 하고(「돌에 앉아」), 존재한다는 것은 굳게 참는 것이며, 참지 않으면 산화되고 말 것이라고 형상화한 부분에서는 비장미까지 느껴진다(「존재한다는 것」). 영원을 욕망하면서도 유한한 존재를 지켜내기 위해서는 참아야 하는 역설적인 존재가 인간이기 때문이다.

나가면서

전일성과 전동성을 직관하기 위해서는 육근(眼·耳·鼻·舌·身·意)을 열어놓고 텅 비어 있어야 한다. 그래야만 사방으로 트인 자유에 이르게 되고, 완전한 자유인이 되었을 때 비로소 우주 현상과 실체를 직관할 수 있게 된다. 여기서 직관은 천뢰를 획득한 상태로서 창조와 감상의 두 영역을 포괄한다.

김영석의 시적 사유는 사방으로 트이고 합일하고 휘어지면서 이르지 못할 곳이 없다. 시 「눈물」을 보면 흰옷 입은 여인의 몸이 지평선까지 닿은 들판을 가로질러 흰 띠 같은 길이 되고, 그 길 끝에 서 있는 아이의 가슴은 맑은 창으로서 푸르디푸른 바다를 담고 있다. 천지사방으로 길이 열리고 사물과 사물이 합일하고 변화하는 시적 사유는 육근이 열리지 않은 상태에서는 향유할 수 없는 경지이다.

시 「모란」은 "흰 백지/ 그 깊은 속에서/ 이따금 꾀꼬리 소리 들리고/ 그 울음 사이로/ 모란꽃 뚝, 뚝, 지네."라고 형상화하고 있다. 흰 백지는 전일의 세계이므로 이 시는 전일의 세계에 합일된 온갖 현상을 직관하는 형식으로 형상화되었다고 할 수 있다. 그러나 상상력을 논의하는 데서 비껴 나와 작품의 전체적인 분위기를 피력하라면 쓸쓸함과 고독함이라고 말할 수 있겠다. 영원성과 유한성의 틈바구니에 놓인 존재의 쓸쓸함은 해결할 수 없는 인간의 숙명인지도 모른다. 따라서 나그넷길에서 홀로 떨어져 나와 쓰러진 나무 우듬지에 앉아 있는 울새는 고독한 시인인 동시에 우리 모두의 자화상이다.

―『다층』, 2011년 겨울호

영혼 여행자의 주술을 듣다

◆

송수권의 시세계

들어가면서

송수권의 작품세계를 한 마디로 정의하기는 어렵다. 그의 시를 생각할 때 떠오르는 이미지는 '남도의 가락 · 대竹 · 뻘 · 황토 · 곡선 · 빨치산 · 우리말 지킴이 · 음식맛 · 풍류' 등이라는 것이다. 송수권의 아우라는 깊고도 넓어 거대한 울림통을 지니고 있는 지리산의 산세와도 흡사하다.

송수권은 1975년에 쓰레기통에서 나온 시인으로 일컬어진다. 신문사나 문예지에 작품을 투고할 때 원고지에 정서하는 것이 일반화되어 있던 시절, 그는 줄 · 칸도 없는 백지에 시를 써서 문학사상사로 보냈다. 담당자는 거론의 여지가 없는 글이라고 판단하여 쓰레기통에 넣어버렸으나 당시의 주간이던 이어령 선생이 주워 읽어본 것이 등단하게 되는 계기가 된 것이다. 그런데다 작품의 송신처는 서대문의 '화성여관'으로 되어 있을 뿐, 나그네가 떠난 후의 연락처는 묘연할 수밖에 없었다. 그와 같은 우여곡절 끝에 빛을 보게 된 것이 데뷔작 「산문에 기대어」이다.

송수권은 등단한 이래 '전통 서정시에 역사성과 현장성 접목시키기'를 화두로 삼아왔다. 호남의 정서를 노래한 서정주와 김영랑의 시작품에서 간과한 부분이 역사성이라고 파악한 그는 그것을 극복하는 데 진력을 다하였다. 그리하여 각각의 시집들에는 변별적인 주제가 구현되고 있지만, 그 모두를 관류하는 맥은 역사성이 도입되고 남도의 가락이 내재한다는 점이다. 그의 시에는 판소리의 맺고 풀림과 같이 옹이진 한을 승화시키는 상승의 미학이 존재한다. 송수권의 작품이 지니는 이러한 특징은 시인의 강력한 창작 의도이기도 하다.

영혼의 여행자

한국인의 정신체계는 생각이나 사고·판단·이성으로부터 출발하여 의식과 지각을 지나 윤리와 의지를 거쳐 이상과 이념 그리고 영혼에 이르는 체계를 지닌다. 그 과정의 마지막 계제를 '정신의 승화'라고 했을 때, 여기서의 '정신'은 한국인의 삶과 죽음에 걸침으로써 초월성을 향유한다. 한국인의 정신이 현실과 피안의 듀얼리즘에 걸쳐 있듯이, 정신은 또 다른 듀얼리즘에 걸쳐 있음도 제고해볼 수 있다. 즉, 정신이 '또렷함'이라는 측면 외에 '어지러움의 높이'나 '어슴푸레함의 영역'에 비견될 만한 경지에도 걸쳐 있음을 생각할 수 있다는 것이다. 이러한 양쪽의 걸림을 한국인의 '정신의 명암明暗'이라고 상정할 때, 어두움의 측면이 부정적이고 소극적이지만은 않다는 것을 인지해야 한다. 즉 '정신의 밝음'이 긍정적인 만큼, '정신의 어두움' 또한 적극적인 기능을 감당할 것이 예기되기 때문이다. 맑은 정신이 억제된 다음 '흐림'이나 '어지러움'이 긍정적·적극적인 기능을 부여받아 활성화되는 경지에서 '신명의 정신'은 제 구실을 다한다. 즉 '맑은 정신'을 이성적 사고라고 한다면 '신명의 정신'은 감성에 관련될 비중이 크다.

시인은 감성의 언어로써 세계에 자아를 투사하는 사람이다. 이때의 감성은 단순한 감정이 아니라 '신명의 정신'을 함의한다. 신명은 주로 무당의 정신 영역에 거주하지만 시인이나 화가, 무용가들처럼 예술인의 정신영역에도 거처한다. 신명의 정신을 샤머니즘과 관련지어 논의할 때 전제해야 할 것은 샤먼이 '보는 사람', '아는 사람'으로서 불린다는 점이다. 그가 보고 아는 것은 보통사람이 보통 상황에서는 보지 못하는 것, 알지 못하는 것이다. 그의 앎은 '미가지未可知의 지知'이고, '불가시不可視의 시視'로서 초자연과 맞닥뜨리고 비현실과 마주치는 길목에서의 지식이다.

즉, 정신의 어두움의 영역이 긍정적으로 활성화되는 경지에 신명의 정신이 거주하며, 이때의 정신은 보통사람들이 보지 못하고 알지 못하는 것을 보게 되고 알게 되는 능력을 얻는다. 신명의 정신이 본분을 다할 때 우리는 그것을 샤먼의 '우주여행' 또는 '영혼여행'으로서 환기할 수 있다. 그러나 영혼의 여행 또는 우주여행은 샤먼만이 누리는 특권이 아니다. 예술가들이 창작 활동을 할 때 또는 보통사람이라도 특별한 경우에는 영혼의 여행이 가능하다.

> 누이야
> 가을산 그리메에 빠진 눈썹 두어 낱을
> 지금도 살아서 보는가
> 정정(淨淨)한 눈물 돌로 눌러 죽이고
> 그 눈물 끝을 따라가면
> 즈믄(千) 밤의 강이 일어서던 것을
> 그 강물 깊이깊이 가라앉은 고뇌의 말씀들
> 돌로 살아서 반짝여오던 것을

더러는 물속에서 튀는 물고기같이
살아오던 것을
그리고 산다화 한 가지 꺾어 스스럼없이
건네이던 것을

누이야 지금도 살아서 보는가
가을산 그리메에 빠져 떠돌던, 그 눈썹 두어 낱을 기러기가
강물에 부리고 가는 것을
내 한 잔은 마시고 한 잔은 비워두고
더러는 잎새에 살아서 튀는 물방울같이
그렇게 만나는 것을

누이야 아는가
가을산 그리메에 빠져 떠돌던
눈썹 두어 낱이
지금 이 못물 속에 비쳐옴을.

—「산문에 기대어」 전문

　우선 시적 대상이 되고 있는 '누이'를 보면, 그는 실제의 누이가 아니라 시인의 상상력이 만들어낸 인물임을 알 수 있다. 이러한 수법은 앞서의 현대 시인들도 사용한바, 서정주의 「국화 옆에서」의 '누님'이 그렇고, 고은의 「폐결핵」에 등장하는 '누이'와 김소월의 「엄마야 누나야」의 '누나'가 그렇다. 이들은 모두 우리 정서에서 어머니와 동등한 위치에 놓이지만 '어머니'보다 어렵지 않아 고민을 털어놓을 수도 있고, 어리광을 부려도 좋을 만큼 친숙한 존재이다. 송수권 역시 이성이면서도 친숙한 '누이'를 시적 대상으로 상정해놓고 두 사람만이 알고 있는 서러운 안부를 묻는다.

　이 시의 제1·2연은 "누이야 / …… / 지금도 살아서 보는가"라고 묻는

형식으로 형상화되고 있다. 제3연은 시작품의 단조로움을 피하기 위해
'보는가' 대신 '아는가'로 대체하였지만 '아는가'도 '보는가'와 동등한 맥
락으로 읽을 수 있다. 그리고 화자가 지금도 '살아서' 보는가라고 묻는
상황으로 본다면, 그 대상은 죽은 자임에 틀림없다. 따라서 이 작품은
'초혼 의식'을 치르고 있음을 짐작할 수 있다. 그런데 시적 화자가 죽은
자에게 확인하는 상황들은 모두 육안으로는 볼 수 없는 것들이다. 가을
산 그리메에 빠진 눈썹을 어떻게 볼 수 있으며, 강물이 일어서던 것과 그
강물에 가라앉은 고뇌의 말씀들을 어떻게 확인할 수 있겠는가? 그러나
시인은 샤먼의 '보는 사람', '아는 사람'의 능력을 부여받아 형이상학적
인 상황조차 보고 인지할 수 있다.

한편, 화자가 누이에게 '보는가'라고 물은 것은 "가을산 그리메에 빠
진 눈썹 두어 낱"인데, 그 눈썹 두어 낱은 "즈믄 밤의 강이 일어서던 것",
"그 강물 깊이깊이 가라앉은 고뇌의 말씀들이 돌로 살아서 반짝여 오던
것", 그것이 "더러는 물 속에서 튀는 물고기같이 살아오던 것", "그리고
산다화 한 가지 꺾어 스스럼없이 건네이던 것"과 같은 상황들을 불러온
다. 여기서 뒤의 상황을 불러오는 '눈썹 두어 낱'은 무엇을 의미하는지
궁금하지 않을 수 없다.

전기적인 측면을 고려할 때, 이 시에 상정되는 '누이'는 시인의 남동생
이다. 시인이 일곱 살, 그 동생이 네 살이었을 때 어머니가 세상을 뜨자
그들은 새어머니 슬하에서 자라게 된다. 그런 동생이 군에 다녀온 후 스
물다섯의 나이로 자살하는 일이 벌어지고, 동생을 지키지 못한 안타까
움이 시인으로 하여금 위와 같은 시를 창작하도록 만든 것이다. 이러한
정황으로 본다면, '눈썹 두어 낱'은 그들만이 공유하고 있는 '아픈 추억'
이라고 할 수 있겠다.

이 시는 아픈 추억을 누이에게 묻는 형식으로 형상화되지만, 실은 시
인 자신이 추억에 깊이 몰입되어 영혼의 세계를 여행하고 있다는 것을

알 수 있다. 이러한 차원에 있는 시인을 '영혼의 여행자'로서 환기하는
것은 무리한 상상이 아닐 것이다. 그는 초자연과 맞닥뜨리고 비현실과
마주치는 길목에서 충분히 '보는 사람', '아는 사람'으로서의 능력을 보
여주고 있기 때문이다.

> 여러 산봉우리에 여러 마리의 뻐꾸기가/ 울음 울어/ 떼로 울음 울어/ 석 석
> 삼년도 봄을 더 넘겨서야/ 나는 길 뜬 설움에 맞이 들고/ 그것이 실상은 한 마
> 리의 뻐꾹새임을/ 알아냈다
>
> 지리산 하(下)/ 한 봉우리에 숨은 실제의 뻐꾹새가/ 한 울음을 토해 내면/
> 뒷산 봉우리 받아넘기고/ 또 뒷산 봉우리 받아넘기고/ 그래서 여러 마리의
> 뻐꾹새로 울음 우는 것을/ 알았다
>
> 지리산 중(中)/ 저 연연한 산봉우리들이 다 울고 나서/ 오래 남은 추스름
> 끝에/ 비로소 한 소리 없는 강이 열리는 것을 보았다
>
> 섬진강 섬진강/ 그 힘센 물줄기가/ 하동 쪽 남해로 흘러들어/ 남해군도의
> 여러 작은 섬을 밀어 올리는 것을 보았다
>
> 봄 하룻날 그 눈물 다 슬리어서/ 지리산 하(下)에서 울던 한 마리 뻐꾹새
> 울음이/ 이승의 서러운 맨 마지막 빛깔로 남아/ 이 세석(細石) 철쭉꽃밭을 다
> 태우는 것을 보았다

―「지리산 뻐꾹새」 전문

이 시의 제1연과 제2연은 '알아냈다', '알았다'라는 서술어로 끝맺고 있
지만, 제3·4·5연은 '보았다'로서 처리되고 있다. 이들이 알아내고 본
것은 보통사람의 눈에는 보이지 않을 뿐더러 인지할 수도 없는 앎이다.
"한 봉우리에 숨은 실제의 뻐꾹새가/ 한 울음을 토해 내면/ 뒷산 봉우리"

가 받아넘긴다는 형상화에서도 '울음'은 청각적 이미지이므로 만질 수도 옮길 수도 없다. 산봉우리 또한 움직이지 못하는 무생물이기 때문에 '받아넘긴다'라는 동사를 취할 수가 없다. 이러한 시적 형상화는 제3 · 4 · 5연에서도 어김없이 실행된다. 이와 같이 시각적 이미지와 청각적 이미지들을 혼합 · 직조함으로써 생동감을 획득하는 것이 송수권 시의 특징이다.

이 시의 구성 체계는 서정주의 「국화 옆에서」와 비슷한 양상을 보인다. 「국화 옆에서」가 기 → 승 → 전 → 결의 단계를 충실히 이행한다면, 「지리산 뻐꾹새」는 5연으로서 약간의 변형을 보이고 있을 뿐이다. 그리고 「국화 옆에서」가 '내 누님같이' 생긴 꽃을 피우기 위해 잠 안 오는 밤을 지나고 천둥과 번개를 감내했다면, 「지리산 뻐꾹새」는 제2 · 3 · 4 · 5연의 상황들을 알아채기 위하여 제1연의 "석 석 삼년도 봄을 더 넘"기고 "길 뜬 설움에 맞이 들" 만큼의 세월을 소요한다는 차이점이 있을 뿐이다.

한편, 지리산 아래에 살던 양민이 이념의 희생자가 되어버리는 한은 겨레의 한으로 확장되어 세석평전을 태우는 철쭉꽃으로 피어나기에 이른다. 지리산 아래의 뻐꾸기는 이쪽도 저쪽도 아닌 중음자中陰者로서의 양민을 상징하는데, 그 희생의 대상이 시집 『달궁 아리랑』에서는 '달궁'이라는 삼한三韓 적 마을로 변형되어 나타난다. 결국 이 시는 지리산과 그 아래의 섬진강, 그리고 남해와 같은 지형이 형성된 연유가 지리산의 한恨 맺힌 역사와 관련된다는 것을 은유하는 데 치중했다고 할 수 있다. 섬진강과 남해의 완만한 지형이 중음자의 설움에 맞 든 형상과 대응된다는 시적 암시는 처연하고도 유장한 카타르시스를 안겨준다. 이와 같은 시적 장치는 '영혼 여행자'의 안목 없이는 형상화할 수 없으며, 독자 또한 '보는 사람', '아는 사람'의 권능을 지니지 않고는 읽어내기 어렵다고 하겠다.

신명의 소리

송수권 시인의 작품에서 평자들은 민요와 무가·판소리·육자배기 가락을 감지해왔다. 평자들이 논의한 민요·무가·판소리·육자배기 가락은 변별적이면서도 '우리의 소리'라는 공통점을 지닌다. 우리의 전통 소리는 상징계의 차별에서 벗어나 흙으로 돌아가고자 하는 시도이며, 자신이 들었던 최초의 울음으로 돌아가려는 시도이기도 하다. 즉 환상아와 현실아가 완전한 일치를 이루는 죽음의 상태 또는 실재계를 동경하는 몸짓으로서의 소리라는 것이다. 이들이 지니는 공통점은 한이 한으로 머물지 않고 오히려 생명 충동을 불어넣는다는 점이다. 죽음을 동경하는 것은 삶을 열망하는 것이요, 삶 속에 죽음이 공존한다는 이율배반을 '우리의 소리'는 함의하고 있다.

> 자전거 짐받이에서 술통들이 뛰고 있다
> 풀 비린내가 바퀴살을 돌린다
> 바퀴살이 술을 튀긴다
> 자갈들이 한 치씩 뛰어 술통을 넘는다
> 술통을 넘어 풀밭에 떨어진다
> 시골길이 술을 마신다
> 비틀거린다
> 저 주막집까지 뛰는 술통들의 즐거움
> 주모가 나와 섰다
> 술통들이 뛰어내린다
> 길이 치마 속으로 들어가 죽는다

―「시골길 또는 술통」 전문

인용시 「시골길 또는 술통」을 보면 영화 '서편제'가 떠오른다. 떠돌이

소리꾼인 아버지와 함께 오누이가 가르맛길에서 봇짐을 짊어진 채 소리
판을 벌이던 장면이다. 화면은 그들의 모습을 멀리서 조명해주는데 하
얀 길에서 벌이던 그들의 한마당은 가난과 천대를 온몸으로 감내하는
소리꾼의 한이 묻어나는 듯하여 오랫동안 가슴이 아려왔었다. 그들의
소리는 서러움의 밑바닥과 득음의 경지를 아우르는 카타르시스를 안겨
주며, 삶과 죽음을 함께 살고 있는 목숨에 대해 인식하는 계기를 만들어
주었다.

그러나 영화의 장면과 공간적 배경이 비슷한 송수권의 시는 서러움을
내재하는 것이 아니라 신명나는 한마당을 연출한다. 둥근 곡선을 그리
는 시골길에 등장하는 사물들은 생명력이 충만하여 술통들이 뛰고, 풀
비린내가 바퀴살을 돌리는가 하면 바퀴살은 술을 튀긴다. 자갈들이 한
치씩 뛰어 술통을 넘기도 하고, 시골길이 술을 마시고 비틀거리기도 한
다. 그러다가 주막집에 다다라 자전거 짐받이에서 술통들이 뛰어내리면
길은 주모의 치마 속으로 들어가 죽어버린다.

힌두신화에서 천지 창조자 '비슈누'가 호흡으로써 끌어 모으고 투사
시킨 에너지는 세계의 진화와 유지 및 소멸의 힘으로 상정된다. 그리고
이러한 생성과 소멸은 끊임없이 되풀이된다. 이것을 환環으로 인식하는
동양적 시간 또는 윤회 환생의 종교적 개념으로 환기한다면, 주모의 치
마 속으로 사라진 길은 소멸해버린 것이 아니라 환생을 잠재한 죽음으
로 환기할 수 있다. 주막집을 한 생이 끝나는 종점이라고 한다면 술통들
은 그곳에서 죽음을 맞이한 셈이 되지만, 환생을 믿기에 기쁜 마음으로
죽음을 향해 달려갈 수 있었던 것이다.

이 시는 갖가지 동사들의 움직임이 유기적으로 조율되면서 경쾌한 율
동을 낳고, 율동은 음악을 수반한 채 독자들에게 다가오지만 주제적인
측면에서는 윤회 환생의 이법을 형상화한다는 것을 인지할 수 있다. 시
골길에서 벌어지는 한 막의 극은 사물들의 한 생을 의미하며, 주모의 치

마 속으로 회수된 생은 윤회를 전제한 죽음이다. 한 생이 주모의 치마 속
으로 회수되는 것은 탄생의 장소가 여성의 자궁이라는 것을 환기할 때
긍정적인 암시를 준다. 우리는 죽음이 주모의 아량처럼 푸근한 곳으로
의 회귀라는 것을 인지하게 되는 것이다.

>   이곳은 먼 삼한 적 하늘 밑의 집 자리
>   우리들 울을 쳤던 집 자리
>   하늘은 몇 번이나 푸르렀다 개었나
>   주춧돌은 또 몇 번이나 갈아 끼워 이끼 슬었나
>   우리 텃노래인 단동치기(檀童治基) 노래 속에
>   살아 있는 마을
>   노고단 반야봉에 달이 뜰 때마다 쳐다보고
>   집 나간 아이 기다리며 불렀던 노래
>
>   시상 시상 달궁
>   섬마 섬마 달궁
>
>   세상에 태어났으니 세상 구경 다하고
>   본분을 찾아
>   하늘을 섬기는 노래,
>   세상에 태어났으니 걸음마로
>   똑바로 서라는 노래
>
>   잼잼 잼잼 달궁
>   도리 도리 달궁

—「달궁 아리랑 1」 일부

　　송수권은 시창작법에서 역사성과 현장성이 결여된 시는 좋은 작품이
될 수 없다고 언급한바 있다. 시인이란 무릇 어지러운 세상을 구하고, 불

쌍한 영혼을 위로하는 사람이 되어야 한다는 것이다. 이와 같은 시학은 동학농민운동을 배경으로 한 서사시『새야 새야 파랑새야』를 낳게 하였고, 두 번째 서사시집『달궁 아리랑』을 집필하는 계기를 만들어주었다. 『달궁 아리랑』을 집필하는 동안 토굴에 은거하며 지리산 역사의 전모에 대한 증언을 듣고, 그 현장을 답사함으로써 시에 현장성을 배가시키고자 노력하였다.

　『달궁 아리랑』은 총 27편으로 구성되었으며, 시인 특유의 음악성을 가미함으로써 부연미가 돋보이는 서사시집이다. 시인은 세속에 물들지 않은 마을 이미지를 끌어내기 위해 공간적 배경이 되는 '달궁 마을'을 삼한 적 마을로 상정하고 있다. 그리고 단군 적부터 아기를 어를 때 부르던 단동치기를 중간 중간 도입함으로써 민요의 후렴처럼 불리도록 하였다. 우리의 어머니들은 아기에게 '도리도리 잼잼 짝짜꿍 꼰지꼰지'를 가르쳤고, 다리 힘을 길러주기 위해 손바닥에 아기를 곧추세우고 '섬마섬마'를 외웠다. 따라서 이 시에 도입된 단동치기의 후렴구들은 겨레의 잠재의식에 내재된 소리들이라고 할 수 있다. 송수권은 무거운 역사의 형상화에 단동치기를 삽입함으로써 침울한 분위기를 쇄신하고 시가 노래로 읊어지도록 하는 데 성공했다고 할 수 있다.

　그러나 정작 이 작품이 제기하는 문제는 하늘만 바라보고 살던 순박한 마을이 이념 분쟁의 장소로 선택되면서 마을 사람들에게 예기치 않은 국면의 삶이 도래한다는 데 있다. 이념이 무엇인지도 모른 채 사람들과 부대낄 뿐이었는데 그들은 중음자中陰者라는 신분이 되어 있었던 것이다. 그들에겐 빨치산도, 토벌대도 같이 살아야 할 이웃일 뿐이었다. 그들의 사연을 대필해나가는 늙은 시인 역시 객관적 시각을 지닌 신분으로 상정된다. 이처럼 아픈 역사가 구현되고 있는데도『달궁 아리랑』은 곡진한 음악성과 감칠맛 나는 토속어로 인해 판소리 소설을 읽는 듯한 재미를 안겨준다.

나가면서

송수권은 등단한 이래 강인한 의지로써 시세계를 개진해갔다. 술술 써지는 시가 아니라 주제를 설정하고, 창작 기법 또한 적극적으로 천착해나간 흔적이 역력하다. 이와 같은 모습을 한마디로 언급하면 계획성 있는 창작 활동을 펼쳐왔다고 할 수 있다. 이것은 시인으로서 자기 발전을 위해 게으름을 부리지 않았다고 바꾸어 말할 수 있겠다.

그러나 뭐니뭐니해도 남도, 더 나아가 겨레말을 갈고 닦은 그의 업적은 높이 평가되어야 한다. 이는 김영랑, 서정주, 백석에 이어 시로써 토속어의 아름다움을 살린 드문 예가 될 것이다. 특히 남도의 토속어가 지니는 곡진한 음악성은 그의 시를 읽히는 시가 아니라 읊어지는 시로서 자리매김해주기에 부족함이 없다.

또한 시인도 의도한바 전통 서정시에 역사성과 현장성을 접목했다는 사실이다. 특히 주변인들의 잠재력을 역사적 사건과 결부시킴으로써 역사를 새롭게 해석하고자 한 서사시집 『새야 새야 파랑새야』와 『달궁 아리랑』은 우리 시사에 남을 만한 작품이 될 것이다. 역사는 승리자의 것이라고 했다. 그러나 시인이 쓰는 역사는 사회적 약자, 희생자의 것이 되어야 한다는 것을 상기하는 대목이다.

우리의 삶은 기나긴 제의의 과정이며, 시인은 시로써 제의를 집행하는 제사장이기도 하다. 따라서 송수권 시의 구절구절에서 제사장의 주술을 듣는 것은 어려운 일이 아니다.

—『유심』, 2010년 9 · 10월호

마술적 상상력의 세계

오승근의 『세한도』

상상력의 얼개

'가브리엘 가르시아 마르케스Gabriel Jose Garcia Marquez'는 소설 『백년 동안의 고독』을 통해 대표적인 마술적 사실주의Magical Realism 작가로서 이름을 얻었다. 마술적 사실주의는 다양한 문학 기법 중 하나로 현실 세계에 적용하기에는 인과 법칙에 맞지 않는 문학적 서사를 지칭하며, 오늘날 라틴 아메리카 문학에서 보편적으로 사용하는 용어이기도 하다.

마술적 사실주의는 리얼리티를 고정적인 것으로 보지 않기 때문에 이야기 속의 인물들은 믿기지 않는 상황이라 하더라도 사실로써 자연스럽게 받아들인다. 예를 들어 『백년 동안의 고독』에서 남편이 자신의 죽음을 알리기 위해 멀리 떨어져 있는 아내에게 피를 흘려보내는 이야기는 현실 세계에서는 일어날 수 없지만, 작품에서는 당연하게 받아들이고 있다. 이처럼 인과 법칙에 맞지 않는 마술적 사실주의의 서사는 신화의 특성과도 공통점을 지니는바, 하늘을 나는 마차가 등장하고, 큐피드의 화살로써 사랑의 노예를 만드는 이야기가 신화 속 인물들에게 당연하게 받아들여지는 것이 그 예라고 하겠다.

오승근의 시집 『세한도』를 읽으면서 『백년 동안의 고독』의 서사가 떠오른 것은 결코 우연이 아닐 것이다. 전 작품이 그러한 경향을 보이는 것은 아니지만 다수에서 마술적 사실주의 기법이 포착되고 있었다.

시간의 경계 허물기

핀란드에는 산에서 신선 비슷한 사람하고 절대로 말을 하지 말라는 민담이 전승된다. 만약 그와 이야기하고 돌아오면 인간 세상의 시간으로 1,280년이나 지나가버려 아내와 이웃들을 다시 만날 수 없게 된다고 한다. 이 민담에서 인간이 다른 세상의 시간을 체험하게 되는 계기는 신선과 말을 주고받음으로부터 시작된다.

노점상을 지나다가 부러진 연근의 동굴 속으로 빨려 들었다 깊은 어둠을 더듬거리는데, 뭔가 꿈틀거리며 온 몸을 휘감아 돌았다 한발 두발 미지의 공간을 더듬어 나갈 때마다 발 끝에 걸리는 딱딱한 물체들, 발가락을 살짝살짝 움직여 신경을 고조시켜 본다 하늘하늘 뿌리의 푸른 기억들이 되살아났다 양손마저 빛을 향한 잎과 줄기를 펼쳐나갔다 더 깊이 들어갈수록 이따금씩 알 수 없는 소리들이 다가왔다가 어디론가 빠져 나갔다 꽃을 만나기 위해서는 소리를 따라잡아야 한다는 생각에 미쳐 얼마쯤 왔을까 멀리서 반사되고 있는 한 줄기 빛! 빛이다, 뿌리의 절규를 들었을까? 잊고 살아왔던 꽃의 나지막한 소리가 출구 쪽에서 들려왔다 비로소 제 그림자를 되찾고는 온전하게 부름켜를 세웠다 동굴을 빠져 나왔을 때, 저녁놀이 깔린 호수를 만났다 호수에는 연근이 피워 올린 파릇파릇한 잎이며, 환한 연근의 꽃봉오리가 무리지어 피어 있었다

뿌리의 일대기를 돌아 다시 동굴 입구에 당도했을 때 연근을 팔던 아낙은
사라지고 없었다

―「동굴탐사」 전문

시 「동굴탐사」에서 시적 자아가 다른 세계를 체험하게 되는 계기는
노점상을 지나다가 부러진 연근의 구멍 속으로 빨려 들어가면서부터이
다. 시적 자아는 깜깜한 동굴 속에서 손과 발에 감지되어오는 것들을 촉
감으로 인지하고, 소리로써 지각하면서 앞으로 나아간다. 뭔가에 온몸
을 휘감기면서 나아가다 발끝에 딱딱한 물체가 잡혀 신경을 모으자 잊
었던 뿌리의 기억들이 살아나기 시작한다. 꽃의 소리를 따라잡기 위해
또 얼마인가를 달리자 빛이 반사되면서 연꽃무리가 나타난다.

작품이 형상화하고 있는 '뿌리'는 '땅속의 삶' 또는 '어머니의 자궁'으
로 환기할 수 있다. 자기 발전이나 자아실현을 꿈꾸어보지 못한 어둠이
라고 해도 좋을 것이다. 반면에 '꽃'은 '자아실현의 경지' 또는 '세속적인
성공'이래도 좋고, 더욱 확장하여 '해탈의 경지'로 상정해도 좋다. 안일
한 자아가 '꽃'을 추구하게 되는 계기는 '소리'를 듣게 되면서부터인데,
그렇다면 '소리'는 잠자는 자아를 일깨우는 매개체라고 할 수 있겠다.

시 「동굴탐사」는 뿌리의 일대기를 다루고 있는 듯하지만 시인 자신
의 일대기 혹은 인간 삶의 일대기를 은유하기도 한다. 인간의 삶은 결코
만만한 시간의 경과라고만 치부할 수 없으며, 그 본질을 탐구하며 성찰
해가는 과정은 시에서처럼 깜깜한 동굴을 탐사하는 과정과도 흡사하
다. 때론 발로 인지하고 손으로 감지하면서 불확실한 미래를 열어가는
것이 인간이기 때문이다. 그렇게 나아가는 어둠 속에서 들려오는 어떤
소리! 그것은 환한 꽃을 예고하는 징조임에 틀림없다. 꽃을 예감한 인간
은 미친 듯이 달려가 꽃무리를 만나지만 이미 호수에는 저녁놀이 깃들
어 있다.

이 작품은 하루 동안에 걸친 인간의 일대기를 형상화하면서 과거와 현실이라는 시간의 경계를 허물고 있다. 이와 같은 형상화는 「구운몽」에서 '성진'이 낮잠 자는 사이 꿈속에서 부귀영화를 누린 이야기와 동일한 맥락을 지닌다. 따라서 가장 설화다운 부분은 마지막 연의 "뿌리의 일대기를 돌아 다시 동굴 입구에 당도했을 때 연근을 팔던 아낙은 사라지고 없었다"라는 부분일 것이다. 꿈인 듯 생시인 듯 시적 자아가 동굴을 탐사한 시작과 끝은 시간이 혼용된다.

작품 「동굴탐사」는 시적 전개와 장치가 매우 신선하다. 깨우침의 경지에 다다르는 과정은 뿌리가 꽃을 피우는 것처럼 결코 만만한 일이 아니라는 구체적인 상황들을 형상화하면서, 삶의 과정을 동굴탐사 과정으로 구현한 것들은 준열한 시적 고민 없이는 그려내기 어렵다고 하겠다.

날숨 내쉬며 고인돌 위에 누워본다 온기가 등에 스미는 아랫목 같다 편안히 눈을 감자 지하 깊숙이 투시된다 꿈을 꾸듯 누워 있는 그대는 누구인가 태양이 숲 사이로 춤을 추며 내려온다 몰이 마당에 즐겨 추었던 늑대의 춤을 함께 춰주니 태양은 날 품어 안는구나 이참, 하늘과 땅을 구분하는 선을 지워다오 태양은 풍장의 현장을 들추어내고 있었으리라 그을리는 듯한 살내음이 그립다는 것은 그 시대 몰이에 희생된 온갖 동물들의 제의 풍경을 기억하고 있는 탓이리라

　… 중략 …

태양이 점점 더 멀어지는 듯 늑대의 춤을 춰보지도 못한 채 눈을 떴다 바람이 다가와 심폐소생술을 시도한다 멎었던 심장이 다시 뛰기 시작해 날숨을 쉬며 일어섰다 몸에는 호피 하나만을 걸치고 있었다 당당하게 풍겨나는 모습에서 호랑이쯤은 창도 화살도 놓고 대적했으리라 다시 늑대의 춤을 추기 시작했다 양손에 도끼와 칼을 들고 숲속으로 사라지는 모습이 낯익어 뒤를 돌아보았다 용맹스런 부족장이 되어 내가 사냥을 나서고 있었다

　　　　　　　　　　　　　　　　　－「늑대의 춤을 추다」 일부

시적 자아는 아랫목같이 따스한 고인돌 위에 눕는다. 편안히 눈을 감자 고인돌의 주인공이 투시되면서 자신도 그와 동일한 시대에 존재하게 되는데, 사냥 몰이꾼이 되어 늑대의 춤을 추자 하늘이 내려와 포근히 안아준다. 그는 이참에 하늘과 땅을 구분하는 선이 지워졌으면 좋겠다고 생각한다. 하늘과 땅의 합일, 이러한 바람이 이루어지는 공간은 신화적인 시공간이 될 것이다.

태양은 고인돌을 구축하던 고대인들과 밀접한 관계를 지닌다. 시적 자아가 사냥 몰이꾼이 되어 늑대의 춤을 출 때는 태양과 일치를 이루는 듯하지만, 태양이 점점 멀어지면서 춤도 끝나기 때문이다. 이와 같은 상상력은 태양신에게 제물을 바치며 춤추던 인디언들의 이야기에서 인유해온 것이라고 할 수 있다. 따라서 이 작품은 전설이나 신화를 대하는 느낌을 강하게 시사한다. 어느 부족의 일원이 태양신의 제물로 사냥되었다가 구사일생으로 도망쳐 나오는 영화 「아포칼립토」가 그려지기도 하고, 구석기인들이 돌화살을 날리며 사냥하는 벌판이 구체적으로 떠오르기도 한다.

고인돌에 누운 시적 자아가 그을리는 듯한 살내음을 그리워하게 되는 것은 몰이에 희생된 동물에 대한 제의의 풍경을 기억하고 있기 때문이다. 고인돌 주인공과 시적 자아는 동일한 공간에 위치하면서 그의 기억을 자신의 내면에서 발견하는 것이다. 고인돌 시대로 들어갔던 시적 자아가 무덤에서 나오게 되는 계기는 바람이 심폐소생술을 시행하였기 때문인데, 날숨을 쉬며 깨어난 그는 호피 하나만을 걸친 채 숲으로 용맹스럽게 사라졌고, 뒷모습이 낯익다고 생각했더니 바로 부족장인 자신이더라는 것이다.

재미있는 부분은 시적 자아가 고인돌 시대로 들어갈 때와 나올 때 '날숨'을 쉬었다고 표현한 부분이다. '숨'은 목숨과 관련되기 때문에 숨이 끊어지면 보편적으로 죽는다고 인지한다. 그렇다면 시인은 두 상황 모두를 왜 날숨으로 표현했을까? 고인돌 시대로 들어갈 때는 '들숨'으로, 깨어날 때는 '날숨'으로 형상화했다면 더욱 재미있지 않을까 생각해본다.

한편, 고인돌에서 깨어난 시적 자아가 활동하는 공간을 현대인의 삶의 공간으로 상정한다면, 호피만을 걸치고 숲으로 사라진 사람은 현대 사회에서 생계활동에 치중하는 우리들의 자화상이 될 것이다. 현대인의 삶의 모습은 고인돌 시대의 변형일 뿐 그 원형은 다르지 않다. 신에게 의지하여 유한성을 극복하고자 노력했고, 삶을 영위하기 위해 사냥했던 것처럼 현대인 역시 종교를 믿으며 경제활동을 하고 있다. 호피를 걸치고 숲으로 사라진 그를 '부족장'으로서 상정한 것은 시적 자아가 현대사회의 '지도자' 혹은 '사업가'의 위치에 있음을 환기한 것이리라.

삼백년 견딘 아흔아홉 칸 집 대들보가 무너져 내렸다 대들보의 풍채는 비만해 보였다 가문의 중심을 잡아주고 있던 먹줄선 상에 광솔 몇 개가 타임머신 버튼처럼 반짝반짝거리고 있다 버튼을 누르기 시작했다

안채의 문이 열리고 삼백 계단이 눈 아래 펼쳐졌다 … **중략** …

중문이 열렸다 … **하략** …

―「타임머신 버튼을 누르다」 일부

오승근의 시에서 '시간의 경계 허물기'는 「타임머신 버튼을 누르다」에서도 극명하게 드러난다. 시인은 삼백년 된 아흔아홉 칸 집 기둥에 박힌 관솔을 타임머신의 버튼으로 환기하기에 이른다. 버튼을 누름으로써 삼백년 전으로 시공을 뛰어넘을 수 있다고 믿은 것이다. 첫 번째 버튼을 누르자 안채의 문이 열리면서 삼백 계단이 펼쳐지고, 그곳에서 벌어졌던 사건들이 생생하게 재현된다. 두 번째 버튼으로는 중문이 열리면서 또 그곳의 상황들이 재현된다. 이와 같은 상상력은 과거와 현실의 경계

를 허물고 신화적인 시공간을 상정함으로써 마술적 사실주의를 구현하는 역할을 한다. 마술적 사실주의가 논리적으로 맞지 않는 상황을 사실로써 받아들이는 것처럼, 오승근의 시적 표현들은 허구를 사실인 것처럼 믿도록 만드는 힘을 지니고 있다.

만령(萬靈) 수용의 시학

아무르 강 유역의 니비흐족에게는 여성 샤먼과 곰 사이의 짝짓기 또는 암곰과 남성 사이의 짝짓기에 대한 신화가 전승한다. 이러한 전승은 짐승도 사람처럼 영혼을 지니고 있다고 믿는 '만령萬靈 사상'을 바탕으로 한다. 만령 사상은 인간과 짐승뿐만 아니라 모든 생명체가 영혼을 지닌다고 생각하는데 단군신화에서 웅녀가 환웅과 결혼하는 서사 역시 이 사상의 영향임을 배제할 수 없다. 고대의 만령 사상은 현대의 생태주의, 생명 사상으로 재현되는바 김지하가 주장하는 생명 사상은 바로 만령 사상의 현대적 변용이라고 논의할 수 있다.

오승근의 작품을 일괄해보면 의인법을 많이 차용하는데 의인법은 앞에서 논의한 만령 사상과도 관련된다. 모든 사물에 영혼이 존재하는 것으로 믿음으로써 식물이 사람처럼 행동하고 사고하며 말할 수도 있기 때문이다.

팔다리가 비틀린 세탁물을 곱게 펴
다리미판에 올려놓은 뒤
가열된 다리미를 밀고 나가자
우지직 찍 우지직 찍
섬유나무 넘어지는 소리
나무들은 톱날 앞에 무참히 쓰러지던

그때의 비명소리를 더듬고 있는 것일까
아니면, 안주머니에 둥지 틀고 살던
이름 모를 새들을 부르고 있는 것일까
우지직 찍 우지직 찍
얼마나 많이 소리치고 싶었던가
이글이글 끓어오르는 저 아우성!

–「세탁소 김씨」 일부

시인은 옷감을 다림질하기 전의 울퉁불퉁한 상태를 나무들이 서 있는 모습으로 환기하면서 다리미로 세탁물을 누르자 나무들이 쓰러진다고 형상화하고 있다. 다림질할 때 엉성하던 올들이 눌리는 상황과 나무가 베어져 쓰러지는 상황을 동일하게 읽어낸 것이다. 이러한 상상력은 다림질할 때 "우지직 찍 우지직 찍" 나는 소리를 나무가 베어질 때의 비명소리로 증폭하기에 이른다. 그런가하면 그 소리는 의인화된 나무의 '안주머니에서 둥지 틀고' 살던 새들을 부르는 소리로 환기되기도 한다. 앞에서 옷감의 씨실과 날실을 개개의 나무로 상정하여 세탁물을 숲으로 환치했다면, '안주머니에서 둥지 틀고 살던 새'에서는 세탁물 한 점을 한 그루의 나무로서 인식한 것이다. 이렇듯 시인의 상상력은 종횡무진 입체적으로 전개된다.

그러나 무엇보다도 이 작품에서 눈여겨보아야 할 부분은 "우지직 찍 우지직 찍"이라는 의성어의 반복이다. 그 소리는 다림질할 때 나는 소리이지만, 톱날에 무참히 베어지는 나무들의 비명소리이기도 하고, 안주머니에 둥지 틀고 살던 새들을 부르는 소리로 환기되면서 작품의 입체성을 확보하기 때문이다. 또한 "이글이글 끓어오르는 저 아우성"에서 '이글이글'은 축축한 세탁물에 다리미를 얹을 때 가열되는 소리이지만, 몸부림치는 나무들의 '아우성'으로 형상화되기도 한다.

이 작품에 나타나는 의인법을 살펴보면, 첫째로 세탁물의 구겨진 상태를 팔다리가 뒤틀렸다고 표현한 부분이다. 둘째, 나무가 "우지직 찍 우지직 찍" 비명소리를 낸다고 표현한 부분이며, 셋째로 나무가 "비명소리를 더듬고 있는 것일까"라고 형상화한 부분이다. '더듬다'는 '생각하다'와 동일한 의미를 지닌 단어로서 인간에게만 부여되는 행위이기 때문이다. 또한 "새들을 부르고 있는 것일까"라는 형상화에서 '부르다' 역시 인간에게만 허용되는 언어행위가 될 것이다.

겨울 산을 오른다
누가 화선지 한 장을 펼쳐 놓았을까
수묵화에 낙관처럼 찍히는 발자국
표절자로 여긴 것일까
시퍼런 칼날을 휘두른다
칼바람을 맞은 길은 뚝뚝 끊기고
화선지 위에 묵색(墨色)으로 찍힌 나는,
누대의 산맥을 지켜온 주목나무 아래서
눈보라를 다스려온 가지의 절개와
뿌리가 더듬었을 수맥의 등고선을 그려본다

−「세한도」일부

'세한도'는 추사 김정희가 제주도 유배 중에 그린 그림으로서 갈필渴筆과 검묵儉墨의 묘미가 절묘하게 어우러진 문인화로 정평이 나 있다. 혹한에 뼈대만 남은 소나무가 풍상을 맞으며 서 있는 모습은 시련 속에서도 절개를 지키는 선비의 고고한 정신을 함의한다. 인용시의 시제뿐만 아니라 시집의 제목을 '세한도'로 정한 것은 오승근이 그려내고자 하는 세계가 세한도의 정황과 유사할 것이라는 짐작을 가능하도록 한다.

시인은 자신이 오르고 있는 겨울 산의 모습을 흑백의 조화만이 존재하는 수묵화로서 상정한다. 수묵화의 낙관처럼 발자국을 찍으며 산을 오르는데 낯선 존재를 경계하듯 칼바람이 휘젓는다. 칼바람의 기세에 묵색墨色으로 찍힌 나는 "누대의 산맥을 지켜온 주목나무 아래" 서서 "눈보라를 다스려온 가지의 절개와/ 뿌리가 더듬었을 수맥의 등고선을" 더듬어본다. 시인 옆에 서 있는 주목나무는 '세한도'에 등장하는 소나무와 동궤에 놓인다고 할 수 있다. 따라서 세한도의 소나무가 절개를 상징한다면, "눈보라를 다스려온 가지의 절개와/ 뿌리가 더듬었을 수맥의 등고선"은 주목나무의 절개임과 동시에 소나무의 절개요, 시인의 지조어린 삶으로 환유할 수 있겠다.

시적 자아가 그림과 합일되는 부분에서 그림 속의 시공간과 현실의 시공간이 혼융되는 것을 포착할 수 있으며, 의인법 또한 다수 차용되는 것을 볼 수 있는데, 칼바람이 시퍼런 칼날을 휘두르고, 주목나무가 오랜 세월 산맥을 지키는가 하면, 그 가지는 눈보라를 다스리는 절개를 보여주고, 뿌리로는 수맥을 더듬는 것이 그것이다. 여기서 '휘두르다'와 '지키다', '다스리다', '더듬다' 등의 동사는 바람과 주목나무와 같은 무정명사가 취할 수 없는 단어들이다. 시인은 주목나무와 바람을 의인화하여 그들에게 행동할 수 있는 권리를 부여한 것이다. 그럼으로써 시는 한층 생동적이며 입체적이 된다.

앞에서 '의인화'를 모든 생명체, 더욱 확장하여 모든 사물에게 영혼이 있다고 믿는 시적 행위로써 논의하였다. 그리하여 만령을 수용하는 시인의 상상력은 돌과 이야기하기도 하고, 옷에서 나무들의 비명을 듣기도 하면서 바람이 칼날을 휘두르는 것 또한 포착하는 것이다.

홀로 우는 공명을 위하여

'시인의 말'에서 오승근은 "그간 시조와 한학의 영향을 받으며 시의 걸음마를 배웠던 유년이 있었으므로 시의 길을 비껴갈 수는 없었다. 마음속 깊은 곳에서 저 홀로 울던 공명을 꺼내 늦은 나이에 겨우 세상에 내놓는다"라고 쓰고 있다. 담담한 듯한 이 한 마디는 진정성을 동반한 채 독자의 가슴에 화인火印으로 찍힌다. 시집에 상재된 작품보다도 자서自序 한 줄이 더욱 시적임을 목격해왔는바, 이와 같은 자서를 지닌 작품은 문학적 성과를 충실히 획득하고 있는 것이 확인되곤 했었다.

홀로 우는 공명을 감당할 수 없어 늦게나마 세상에 내놓기로 결심한 이면에는 어떠한 욕심도 배제되고 있는 것이 자명하다. 홀로 우는 공명이 안쓰러워 세상 바다에 띄워 보냈을 뿐 메아리는 기대하지 않았을 것이기 때문이다. 이 부분에서 "시인은 태어나는가, 만들어지는가?"라는 물음에 봉착하지 않을 수 없다. 시인의 가슴은 타고나며, 그 가슴에 준열한 시적 고민과 이론이 동반될 때 비로소 아름다운 시가 탄생한다고 믿는다. 늦게나마 바깥바람을 쐬는 공명을 위해 건배를 청할 뿐이다.

—『문학마당』, 2011년 여름호

우주인식의 심화 과정

◆

이영춘의 시세계

들어가면서

조지훈은 시론을 아는 것이 창작에 별 도움이 안 된다고 하였다. 시의 본질은 시를 짓고 고민하는 중에 저절로 터득되며, 이것은 생명 잉태의 비밀을 알지 못하면서도 아기를 만들 수 있는 것과 같은 이치라는 것이다.

더불어 그는 시인이 될 수 있는 재질을 느낌의 예민성, 생각의 천진성, 노력의 심각성이라고 언급하였다. 예민하게 사색하는 지혜와 어린아이와 같은 천진성, 사물에 대한 미적 탐색의 눈을 타고나야만 시인이 될 수 있다는 것이다. 필자는 조지훈의 논의에 30%의 시론을 겸비해야 한다고 주장하고자 한다. 시인의 재질을 타고났다 하더라도 기법을 연마하지 않으면 좋은 시를 쓸 수 없고, 기법에 능해도 시혼이 부재하면 황폐한 말장난의 집을 지을 뿐이기 때문이다. 시정신poetry을 거쳐 시poem로 형상화되기까지는 시론의 뼈대에 시혼의 살이 조화를 이뤄야 한다.

시란 무엇이며 어떠한 자세로 어떻게 써야 하는가? 시인은 시를 쓰기에 앞서 시를 살아야 하며 이것은 곧 삶에 대한 사랑과도 연결된다. 어떤 일을 사랑하여 오랜 세월 '올바르게' 나를 주는 것은 맑은 정신의 길에 들어서는 일이다. 그것은 학문이나 그림, 음악 또는 구두닦이, 행상을 오래 해도 마찬가지로 적용되는 삶의 원리라고 할 수 있다.

언제부턴가 창작 기법을 가르치는 전문기관이 생겨나면서 시인의 가슴을 지닌 시인보다 언어 마술사적인 시인들이 많이 배출되었다. 이들의 시는 말을 위한 말들의 미로를 헤매는 미아들과 다를 바 없다고 하겠다. 이와 같은 현상은 시를 살려고 노력하지 않고 기법적 측면에만 치중한 결과일 것이다.

이영춘의 시를 정독하는 동안 그는 만들어진 시인이 아니라는 확신을 갖게 되었다. 그의 시에는 현란한 수사가 등장하지 않으며, 시적 감성이 비틀림 없이 구현되고 있기 때문이다. 그렇다면 기법적인 시들이 난무하는 시대에 그의 시가 독자들의 사랑을 받는 원인은 무엇일까?

자아인식의 확장 과정

시인들이 시세계를 변모시켜가는 과정은 시적 고민의 무게와 세계관의 차이에 따라 각기 다른 양상을 보인다. 그러나 대체적으로 시인으로서 출발할 때는 자아 찾기로부터 시작한다. 그런 후 차츰 시선을 돌려 타자들을 주시하고, 그 단계를 넘어서면 나와 타자와 우주의 관계를 천착하면서 조화로운 우주의 그물망에서 존재자를 인식하기에 이른다. 이영춘 시의 변모 양상도 이와 같은 과정에서 크게 벗어나지 않는다.

내가
저 하늘만큼 맑을 수 있다면

저 구름처럼 신비로울 수 있다면
저 산처럼 그윽할 수 있다면
나는 시를 쓰지 않았으리

쳐다 보아도 굽어 보아도
울렁이는 가슴일 뿐
한 마리 발붙인 땅의 미물,
밤낮으로 죄 한 가지씩 더해 가며
구원이듯 빈 가슴으로
시를 쓴다
시를 읊는다

—「사물 인식」 전문

시 「사물 인식」은 제3시집인 『귀 하나만 열어놓고』(문학세계사, 1987)에 상재된 작품이다. 2011년 현재 열 번째 시집을 내놓은 점을 감안한다면, 초기 작품에 속한다고 할 수 있다. 작품에서 시적 자아는 "저 하늘만큼 맑을 수"도 없고, "구름처럼 신비로울 수"도 없으며, 산처럼 그윽하지도 않은 결핍된 '자아'를 발견한다. 아무리 쳐다보고 굽어보아도 "밤낮으로 죄 한 가지씩 더해가며" 이 땅에 발붙이고 사는 한 마리 미물만이 인지될 뿐이다.

결국 "벌레,/ 벌레,/ 밥을 먹는 벌레"로서 자아를 인식한 시인은 "내가 만약 이슬을 먹을 수 있었다면" "이 땅에/ 서지 않았"을 것이라고 단정한다. 그러나 시인은 새가 되지 못하였고, 나비가 되지도 못했을 뿐 아니라, 이슬을 먹고 살 수도 없기 때문에 땅을 기어 다니는 벌레일 수밖에 없었던 것이다(「이슬을 먹을 수 있다면」). 이와 같은 인식은 더욱 고매한 존재를 추구하는 과정에서 체험할 수밖에 없는 안타까움이 될 것이다.

시인의 초기 작품은 이처럼 자신을 탐색하고 성찰하는 과정에서 결핍된 자아를 발견해가는 자아인식과 맞닿아 있다. 시인은 결핍된 자아를 발견할 때마다 구원의 방법으로써 시를 써왔다고 한다. 그렇다면, 이영춘 시쓰기의 출발점은 개인에 대한 구원으로부터 시작되었다고 할 수 있겠다. 이러한 경향은 이영춘뿐만 아니라 대부분의 시인들에게서 발견되는 양상이기도 하다. 많은 시인들이 개인의 결핍과 상처를 시 쓰는 행위를 통해 스스로 치유하고 있는 것이다.

어느 날 문득
족보를 보다가
족보 속에 바람처럼 누워 있는
나를 보았다.
이름 두 자는 간 데 없고
시집 보낸 아버지의 名字 아래
실뿌리처럼 겨우 매달린
"李氏"라는 성뿐.
내 살아온 무게보다
엮어온 역사보다
아득히도 작은 여자의 무게.

—「여자의 족보」 일부

　　고려 말에 유입된 성리학은 국가와 사회, 가정의 질서에 지대한 변혁을 가져왔다. 현대까지도 영향력을 행사하고 있는 가부장제사회문화는 이때부터 그 기틀이 마련되었다고 할 수 있다. 가정의 명예와 뿌리를 중요시한 가부장권은 가계의 내력을 족보에 기록하면서 여성의 존재를 '○○김씨', '○○박씨' 등으로만 기재해왔다. 여성은 남편의 직책에 따라 그 호칭이 달라질 뿐, 독자적인 직책과 호칭을 얻을 수가 없었다. 여성의 임무는 철저히 남성의 뒷바라지 역할에 한정된 것이다.

시인은 어느 날 족보를 보다가 아버지 함자 아래 성씨만 기재된 자신의 존재를 발견하고 "족보 속에 바람처럼 누워 있는/ 나를 보았다."라고 형상화한다. 그것도 동일한 크기와 굵기의 글씨가 아니라 실뿌리처럼 작고 가늘게 '李氏'로만 매달려 있다. 그동안 공부하고 시를 쓰면서 자아실현을 위해 노력해왔건만 "내 살아온 무게"와 "엮어온 역사"에 비해 너무나 빈약한 존재를 목격하며, "아득히도 작은 여자의 무게"를 실감한다. 시인의 허탈감과 슬픈 감정은 "이조의 바람이/ 이조의 선율이/ 어머니의 혼으로/ 할머니의 넋으로/ 다시 살아나/ 내 족보 위에서 온통/ 통곡의 강을 이루고 있"다고 표현하기에 이른다. 시인은 자신의 비애를 어머니 또는 할머니의 그것과 동일한 것으로 인식하고자 한 것이다. 족보에 존재감이 미약한 것은 어머니와 할머니를 포함하여 한국의 여인들이 피해갈 수 없는 숙명이었던 것이다.

이 작품 역시 시인의 자아인식과 관련이 깊다. 앞에서의 자아인식이 결핍된 존재로서의 자아인식이었다면, 이 작품은 여성이라는 존재에 대한 자아인식을 보여준다. 이 작품에 비판적인 목소리가 밀도 있게 채색되었다면 페미니즘을 구현한 작품으로 평가받았을 것이다. 그러나 자아인식의 범주를 벗어나는 것에 시인은 큰 의미를 두지 않는다.

인간소외의 현장보고서

초기 작품에서 자아 탐색에 몰두하던 시인은 고개를 들어 주변의 타자를 응시하기 시작한다. 그런데 시인을 둘러싼 타자들은 '나'와 상관관계가 없는 것이 아니라 어떤 식으로든 연관이 되는 존재 혹은 사건들이다.

밭고랑만큼이나 주름 잡힌/ 내 어머니 같은 한 아낙네가/ 밭고랑에 주저앉
아 울고 있다/ 일 년 내 손톱이 빠지도록 지은 농사가/ 모두 빈 쭉정이란다

씨앗을 권장했던 나랏님들/ 얼굴은 보이지 않고

―「난 자꾸 눈물이 난다 1」 일부

아무나 갈 수 없는 그 도시에/ 검은 수증기 떼들이 슬픔처럼 떠 있다/ 동두
천의 나라, 그 나라/ 자본주의자들이 흘린 정액들이/ 지천으로 출렁거리는
거리

―「난 자꾸 눈물이 난다 2」 일부

「난 자꾸 눈물이 난다」 1 · 2에 등장하는 농부와 양공주는 동일하게
물질문명에서 소외된 존재들이다. 내 어머니 같은 농사꾼은 관련기관의
권고를 받아들여 손톱이 빠지도록 농사를 지었건만 결국 빈 쭉정이만
건지게 된다. 관련기관에서 좋은 품종의 씨앗을 공급받지 못했기 때문
이다. 결국은 농부들이 재래식으로 농사지은 것보다도 나쁜 결과를 낳
았지만 그들은 농사를 망친 책임을 지려고 하지 않는다. 하소연할 곳이
없는 농부는 밭고랑에 주저앉아 울고, 그 광경을 목격하는 시인도 눈물
이 흐를 뿐이다.

두 번째 작품의 공간적 배경은 양공주들이 집단 거주하는 '동두천'이
다. 외국인들의 자본을 얻어내기 위해 양공주들은 몸을 팔고 정신을 판
다. 동두천 거리는 "자본주의자들이 흘린 정액들이/ 지천으로 출렁거"
리고, 그러한 광경을 목격한 시인은 비애감에 젖는다.

물질문명은 인간 소외를 가속화시키는데 작품 1의 농사꾼은 자본을
축적하기에 역부족인 환경에 처해 있으며, 작품 2의 양공주는 물질을 얻

기 위해서라면 어떠한 일도 마다하지 않는, 물질의 노예로 전락한 인물이다. 거대 자본이 시장을 지배할수록 인간은 자본에 종속되면서 사물화될 수밖에 없다. 대항할 수도, 외면할 수도 없는 현실 앞에서 시인은 그저 눈물이 날 뿐이다.

한편, 시 「당신의 얼굴-흙 4」에서는 아버지와 할아버지, 그 먼 조상들까지도 괭이와 삽을 들고 밭고랑을 걸어가는 모습이 형상화된다. 이들이 "흰 옷 입은 사람들"로 환기되는 것은 '백의白衣민족'으로 불려온 우리 민족을 은유한다고 할 수 있다. 그들이 농기구를 들고 밭고랑을 걸을 때는 물결인지 눈물인지 모르는 단순세포가 출렁거리는데, 그들의 눈물을 단순세포로서 은유한 것은 물질문명 이전에는 눈물조차 단순하고 깨끗했을 것이라는 믿음에서 기인한 상상력이 될 것이다. 힘든 노동 속에서도 그들은 웃을 수 있었으나 지금은 밭고랑에 사람이 보이지 않는다. "오직 도시의 바람만이 걸어 들어와" 아버지의 얼굴을 밟고 섰을 뿐이다.

1960~1970년대에 진행된 한국의 근대화·산업화는 농어촌의 공동화 현상을 가중시켰다. 젊은이들이 자본을 좇아 도시로 떠나고 농어촌은 노인들만 남게 되는데, 「당신의 얼굴-흙 4」는 그와 같은 세태를 고발한 작품이라고 할 수 있다.

우연히 아주 우연히 눈에 띈 별꽃무늬,
지퍼 앞문에 흥건히 새겨진 오줌발 꽃무늬, 그 무늬 고운 꽃잎,
정작 본인은 그 꽃잎 그려진 줄도 모르고
'봄날은 간다 봄날은 간다'를 목청껏 소리 높이 부른다.
목청 속에 묻어나는 그 쓸쓸한 마이너,
봄날은 간다 봄날은 간다 날은 저물고.

-「오줌발 별꽃무늬」 일부

시인은 어느 날 모 일간지 기자였던 선배를 만나 노래방에 가게 된다. 노래방에 가자마자 화장실 출입이 잦던 선배는 기어이 "지퍼 앞문에" "오줌발 꽃무늬"를 새기고 만다. 우연히 눈에 띈 바지 앞문의 오줌 얼룩을 시인은 "무늬 고운 꽃잎"으로 환기하고 있다. 바지 앞자락에 오줌 얼룩을 새긴다는 것은 여러 가지 측면에서 슬픔을 함의한다. 젊을 때 힘 있던 오줌발이 발 아래로 떨어지는 현상은 성기능의 저하와도 연결되기 때문이다.

신체기관의 노화 현상이 확연한데도 인간의 기억은 젊고 아름다웠던 시간만을 추억한다. 젊은 시절의 아름다웠던 추억은 내면의 중심에 자리 잡은 채 정신세계에 지속적으로 관여하기 때문이다. 선배 역시 추억을 자양분 삼아 목청껏 노래를 부르지만, 시인은 그 목청에서 쓸쓸한 타자의 모습을 읽어낸다. 타자의 행위를 방관하거나 배척하지 않는, 애정 어린 시선으로 말이다.

시 「오줌발 별꽃무늬」에 나타나는 소외는 앞의 작품들과는 다른 양상을 보인다. 앞의 작품이 물질문명 속의 인간 소외라면, 「오줌발 별꽃무늬」는 유한한 인간이 피해갈 수 없는 생명 현상에서의 소외를 보여준다.

우주와 합일의 몸짓

시세계가 궁극적으로 심화되면 자연의 그물망 속에서의 존재의 문제로 발전하게 된다. 시인의 심미안은 깊고 넓어져 자신과 타자가 공존하는 조화로운 세계를 조망할 수 있게 되기 때문이다.

스님 한 분이/ 타박타박 산비탈을/ 걸어 가신다

작년 가을/ 산 속으로 떠난 아버지 뒷모습/ 환히 보인다

―「노을―우주를 지고 가는 사람」 일부

　시 「노을―우주를 지고 가는 사람」은 한 폭의 산수화처럼 선명하게 제시되는데, 구체적으로는 "스님 한 분이/ 타박타박 산비탈을" 걸어가는 모습으로 형상화되고 있다. 그렇게 걸어가는 스님의 모습 위에 "작년 가을/ 산 속으로 떠난 아버지 뒷모습"이 오버랩 된다. 아버지는 작년 가을에 돌아가셨지만 스님의 모습에 아버지의 환영을 얹어보는 것이다. 이와 같은 상상력은 아버지와 스님이 동일한 존재자의 위치를 획득할 때만이 가능하다고 하겠다. 아버지와 스님은 태생이 다르고 삶이 다르지만 우주 속에서 동궤의 생명체로서 환기되는 것이다.

때로 방안에 가만히 누워 있을 때면 마치 내가 관 속에 누워 있는 듯한
착각이 들 때가 있다.
관속 천정에서 들리는 소리, 소리들의 방출,
째깍째깍 초침 돌아가는 소리, 내 맥박 뛰는 소리, 물 흐르는 소리,
창 틈새로 햇살 지나가는 소리,
얼마 전 이 지상의 문을 닫고 떠난 한 시인의 눈물 흐르는 소리,
그 눈물에 젖어드는 잔디, 검은 잔디의 묘지,
묘지의 뚜껑이 열리는 소리, 그 문으로 또 누군가가 들어가는 소리……

―「방(房)의 이중법」 일부

　시인은 방안에 누워 관 속의 상황을 상상해보지만, 방안만이 아닌 삶의 반경이 관일 수도 있고, 이 우주를 거대한 관으로 상정할 수도 있다. 우리의 일생은 작은 관, 큰 관 속에서 삶이라는 임무를 수행해가는 과정이라고 할 수 있다. 시인의 상상력이 여기에 이르면, 우주의 온갖 현상과

소리를 인지하고 들을 수 있는 경지를 체험하게 된다. "창 틈새로 햇살 지나가는 소리,/ 얼마 전 이 지상의 문을 닫고 떠난 한 시인의 눈물 흐르는 소리"와 "그 눈물에 젖어드는" "묘지의 뚜껑이 열리는 소리"를 들을 수 있을 뿐 아니라, "그 문으로 또 누군가가 들어가는 소리"도 들을 수 있다. 묘지의 문으로 또 다른 누군가가 들어간다는 표현에서 '또 다른 누구'는 바로 '나'일 수도 있고, 타인일 수도 있다. 이와 같은 형상화는 유한한 존재의 생멸의 법을 인지할 때만이 가능하다고 하겠다.

길바닥에 웬 숟가락 하나가

떨어져 있다

지나가는 사람들이

무심히 밟고 간다

누군가 한 생애

담금질하던 입

많이 아프겠다

언뜻 한 솥 밥을 먹던 얼굴 하나가

찌그러진 숟가락에

겹친다

─「길에 누워 있는 입」 전문

숟가락은 우리의 목숨을 유지하는 데 중요한 역할을 담당하는 물건이다. 음식을 먹을 때마다 우리는 숟가락의 도움을 받아야 하기 때문이다. 숟가락에 대한 형상화에서 시인은 한 생애를 담금질했다고 표현하고 있는데, 여기서 '담금질'의 정확한 의미는 원하는 물건을 만들기 위해 쇠붙이를 불에 달궜다가 찬물에 담그기를 반복하는 과정을 말한다. 시인은 숟가락을 입에 넣었다 빼는 행위가 되풀이되는 현상을 '담금질'에서 유추해온 것이다. 이와 같은 유추는 길바닥에 버려진 숟가락을 고단한 목숨으로 환기하기 위한 기법으로 작용한다.

숟가락의 고유한 의미는 확장되어 자신이 드나들던 '입'으로 환유되기에 이른다. 따라서 길바닥에 떨어져 사람들에게 밟히는 숟가락을 보고 시인은 누군가의 입이 많이 아프겠다고 생각한다. 우주적 상상력은 형상의 고착화를 지양한다. 사물들은 그 본질을 구성하는 원자를 주고받으며 형상을 생성시키고 소멸해가기 때문이다. 사람이 죽으면 물과 바람[기, 氣]과 흙과 불로서 소멸하지만, 그 원소들은 다른 사물의 형상을 짓는 데 이용된다. 따라서 우주적 상상력 안에서는 숟가락이 입이 될 수도 있고, 돌이 나무가 될 수 있으며, 사람이 호랑이가 될 수도 있다.

나가면서

자본주의 시장 원리가 지배하는 세상에서는 모든 것이 상품이 되어야 한다. 인간도 여러 각도에서 가치가 환산되어야 하고, 예술 역시 상품성을 인정받아야 한다. 이러한 시대에 우리의 시는 두 갈래의 시장을 보유하고 있다. 그 하나는 일반 독자들이 소비자가 되는 서점이라는 시장이고, 또 하나는 계간지 혹은 월간지에 포진하고 있는 시인 혹은 평론가들로 형성된 시장이다. 서점에서 잘 팔려나가는 시는 대부분 시인의 재질에 의탁하여 쓴 시들이 많고, 전문인들이 좋아하는 시는 주로 창작 기법에 의존하여 쓴 시들이 주류를 이룬다.

필자는 어느 시장의 상품이 더 좋은 시라고 대답할 수 없다. 예술품을 향유할 수 있는 권리는 일반 대중에게도 존재하기 때문이다. 예술의 궁극적인 목적이 삶의 질을 향상시키는 데 있다면, 모든 사람들에게 사랑받는 시의 존재가치가 더욱 중요할 수도 있다. 따라서 이들은 각각 존재의 이유를 충분히 지닌다.

그러나 한 가지 명백한 기준은 존재한다. 서론에서 언급했듯이, 전문 독자들을 겨냥한 시라 하더라도 머리로만 지은 말의 집이 되어서는 안 되며, 일반 독자들을 겨냥한 시라 할지라도 기교를 배제해서는 안 된다는 사실이다. 시인의 가슴과 기교가 조화를 이룰 때만이 좋은 시를 낳을 수 있을 것이다.

이영춘의 작품은 가슴으로 만들어진 시임이 분명하다. 그러한 특징이 독자들에게 좋은 시로 다가갈 수 있었던 근거라고 하겠다. 시를 사랑하고 삶을 사랑한 만큼, 시인의 작품 마디마디에는 따스함이 배어 있다. 이러한 논거에 주목하여 작품을 읽는다면, 이영춘 시의 정체성을 발견하는 데 도움이 되리라 믿는다.

—『유심』, 2011년 5 · 6월호

성(聖)과 속(俗)의 조화를 위하여

◆

홍사성의 『내년에 사는 *法*』

들어가면서

홍사성의 『내년에 사는 *法*』은 그 제목부터 범상치 않음이 예견되는 시집이다. 어제와 오늘을 살았거나 산다는 것은 일반화된 일이지만 '내년에 산다'는 어법은 낯설기도 하고, 화두를 연상하도록 하기도 한다. 어제와 오늘을 갈무리하기도 버거운데 내년에 사는 법을 이야기하다니, 일반적인 사유로는 쉽게 이해되지 않는다.

표지 장정과 제목의 필체 또한 예사롭지 않다. 살펴보니 제자는 정진규 시인이 썼고, 표지화는 설악 무산 스님이 그렸다. 설악 무산 스님의 그림은 연만하신 스님의 작품으로 보기 어려울 만큼 원색의 대담한 선으로 표현된다. 그래서 때로는 피카소 혹은 고갱의 예술세계에 와 있는 듯한 착각에 빠지게도 하는 것이다. 대부분의 스님들이 묵화를 치신다고 할 때, 무산 스님의 서양화적인 기법은 획기적이지 않을 수 없다. 그러면서도 내용에는 자연의 이법과 인간의 법이 조화롭게 내재한다.

한 권의 시집을 발간하기 위해 이러한 노력들이 보태졌다는 것은 홍사성이 이번 시집에 얼마나 많은 심혈을 기울였는가를 알 수 있는 부분이다. 대부분의 첫 시집들이 충분한 준비 없이 제작된다는 점을 감안한다면 홍사성은 첫아이를 분만하고자 많은 준비를 해왔다고 하겠다. 이것은 세상물정, 문단 실정을 충분히 숙지한 후 아이를 낳았기 때문에 가능한 일이었다. 외형적인 측면 외에 상재된 작품들도 오랫동안 갈고닦은 흔적이 역력하다.

성과 속의 조화로운 시세계

깨달음의 세계, 성스러운 공간을 성聖으로 환기한다면, 세속적인 세계, 인간적인 삶의 공간은 속俗으로서 지칭할 수 있을 것이다. 인간은 속세에서 혈연에 얽혀 살지만 성의 세계를 동경하고, 깨달음을 실천하면서 성스러운 존재로 거듭나기를 욕망한다. 그렇지만 성과 속이 완전히 분리되어 있는 것은 아니다. 성인은 성스러운 존재로서만 고정불변하지 않으며, 속인 역시 속세적인 존재로서 고정적이지 않기 때문에 성과 속은 마음먹기에 따라 오갈 수 있는 세계이다.

썩고 썩어서 더 썩을 게 없는
그래도 날마다 썩어가는 갯벌이 보인다
밤낮없이 검은 파도 흰 파도 몰려와
아우성치며 몸 비벼대면
슬쩍 옷섶 열어 속살 내주는 늙은 주모 같은

하늘땅 갈라지기 전부터
세상 싸돌아다닌 바람난 바람 소리가 들린다
볕 좋은 날 바위에 앉아 이나 잡으며

이겨도 지는 척 져도 이기는 척
맛없는 차 끓여놓고 빙긋 웃는 영감쟁이 같은

속은 진작 다 죽고 껍데기만 겨우 살아 있는
한 만 년쯤 된 고목나무 냄새가 난다
죽었는지 살았는지 궁금해 문 열어보면
빈방의 먼지처럼 혼자 앉아
오래된 슬픔 혹 끼치는 털 빠진 짐승 같은

그는 알아도 아는 게 아니다
보아도 보는 게 아니다 들어도 듣는 게 아니다
알 수도 볼 수도 들을 수도 없어
돌아서면 더욱 자욱해지는
설악산 안개처럼 아득하다

―「안개처럼 자욱하다―설악산 무산(霧山) 스님」 전문

시 「안개처럼 자욱하다―설악산 무산 스님」은 네 연으로 구성되어 있다. 네 연 모두 설악 무산 스님을 형상화하고 있는데, 첫 번째 연에 묘사되는 스님은 늙은 주모같이, 썩은 갯벌같이 모두를 안아주는 모습이다. 두 번째 연에 묘사되는 스님은 집착을 버린 모습이며, 세 번째 연에 묘사되는 스님은 있는 듯 없는 듯 힘을 행사하지 않는 모습이다. 네 번째 연에서는 안개처럼 존재감이 미미한 스님의 모습이 형상화된다.

제1연에서 은유하고 있는 갯벌은 썩고 썩어서 더는 썩을 것이 없는 형질이다. 그런데도 젓갈의 곰삭음이 끝없이 진행되듯이, 썩을 것이 없다고 생각되는 갯벌 또한 가없이 곰삭아 간다. 젓갈의 그 같은 현상을 스님의 평정심으로 환기한 것이다. 곰삭지 않은 것은 '날것'으로 표현할 수 있다. 그것은 정화되지 않은 욕망이며, 언제 어떻게 분출할지 모르는 용암과도 같다. 곰삭은 개펄은 "밤낮없이 검은 파도 흰 파도가 몰려와/ 아우성치며 몸"을 비벼대도 늙은 주모같이 옷섶을 열어줄 뿐이다. 이는 세속의 온갖 현상을 감싸 안는 스님을 형상화한 것이라고 할 수 있다.

제2연에서는 출가한 이후의 스님의 행적을 "하늘땅 갈라지기 전부터/ 세상을 싸돌아다닌 바람난 바람 소리" 같다고 형상화하고 있다. "하늘땅 갈라지기 전부터"라는 구절은 삶의 이치, 음양의 이치를 깨닫기도 전에 출가가 이루어졌음을 암시한 것으로 해석할 수 있다. 스님은 "세상을 싸돌아다닌 바람난 바람 소리"처럼 세속의 연을 벗어버리고 방랑 수행한 것이다. 그같이 수행한 결과 "볕 좋은 날 바위에 앉아 이나 잡으며/ 이겨도 지는 척 져도 이기는 척" 초연한 경지에 이른 것이다.

시인은 가끔 껍데기만 보전하고 있는 듯한 스님의 생사가 궁금하다. 그리하여 문열어보면 "오래된 슬픔 훅 끼치는 털 빠진 짐승 같은" 모습으로, 빈방의 먼지로 존재감 없이 앉아 계신다. 털 혹은 머리카락이 상징하는 이미지는 세속적인 욕망, 육체적인 욕망을 지칭한다. 삼손이 머리카락을 잃자 모든 힘을 잃어버리는 사건이 여기서 연유한다고 하겠다. 그래서 스님들도 세속의 욕망, 육체적 욕망을 제거하고자 삭발 수행하는 것이다. 이성을 앞세우는 인간도 그러할진대 본능에 충실한 짐승이 털을 모두 잃었다면 얼마나 참혹하고 무력한 지경이겠는가. 그와 같은 정황이 혈기와 욕망을 잠재운 채 적막하게 살아 계신 노스님을 "오래된 슬픔 훅 끼치는 털 빠진 짐승"으로 형상화하기에 이른 것이다.

이쯤 되면 스님은 "알아도 아는 게 아니다/ 보아도 보는 게 아니고 들어도 듣는 게 아니다/ 알 수도 볼 수도 들을 수도 없어/ 돌아서면 더욱 자욱해지는/ 설악산 안개처럼 아득"할 뿐이다. 이와 같은 형상화는 노스님의 무력함을 지적하는 것이 아니라, 세상일에 초연한 정신세계를 표현한 것이라고 할 수 있다. 결국 이 시는 수행자의 형상화를 통해 인간의 정신이 어디까지 승화할 수 있으며, 깨달음의 경지, 성聖의 경지가 어떠한 것인지를 보여준다고 하겠다.

불국사 조실 월산 스님이 천도(薦度)법문 하러 법상에 올랐다

"여우는 살구씨 기름을 환장하게 좋아한대요 사냥꾼이 그걸 알고 거기다
약을 타서 여우 길목에 내놓는데 의심 많고 영리한 놈이 처음에는 모른 척 그
냥 지나가요 그러다가는 그 고소한 냄새를 못 이겨 한 번은 괜찮겠지 하고 돌
아와 한 입 맛보고 가다가는 또 돌아와 한 입 맛보고 하다가 끝내 잡히고 말
아요"

여기까지 말한 스님은 살구씨 기름 냄새를 못 잊어 세상에 나갔다 주검으
로 돌아온 제자의 위패(位牌)를 바라보며 소리쳤다 "네놈이 바로 제 꾀에 넘
어간 여우 놈이야" 스님은 잠시 눈을 감고 산신령같이 하얗고 긴 눈썹을 꿈
틀꿈틀하더니 주장자를 들었다 꽝! 내려치며 대중에게 물었다

"여기, 늪에 빠지지 않고 늪을 건너갈 사람 몇이나 있는가!"

—「늪」 전문

시인의 날카로운 안테나는 조실 스님의 천도법문 현장을 스쳐 지나가
지 않는다. 시 「늪」에서 스님은 먼저 여우의 습성에 대해 이야기하는데,
여우는 살구씨 기름 냄새의 유혹을 떨치지 못하고 잔꾀를 생각해낸다고
한다. 즉 살구씨 기름에 독약이 들어 있는 것은 분명하지만 조금만 먹으
면 괜찮으리라는 자기합리화이다. 그러나 그와 같은 합리화가 반복되면
서 결국 여우는 죽고 만다. 여우의 이야기를 마친 스님은 세상에 나갔다
가 주검으로 돌아온 제자의 위패를 보며 소리를 지른다. "네놈이 바로
제 꾀에 넘어간 여우 놈이야." 이 부분에서 법문이 마무리 되었다면 아
무런 의미가 없을 것이다. "스님은 잠시 눈을 감고 산신령같이 하얗고
긴 눈썹을 꿈틀꿈틀하더니 주장자를 들었다가 꽝! 내려치며 대중에게"
묻는다. "여기, 늪에 빠지지 않고 늪을 건너갈 사람 몇이나 있는가!"
　인도신화에서 우주의 창조자이자 우주의 실체이기도 한 시바는 그의

숨 쉬는 행위로써 우주의 생성과 소멸을 관장하였다. 그가 숨을 내쉬면 우주가 생성되고, 거둬들일 때는 소멸하면서 생성과 소멸은 반복을 계속하였다. 이러한 신화적 바탕 위에 형성된 인도사상은 생성과 소멸, 긍정과 부정이라는 극단의 양면성이 상호작용하면서 발전해왔다. 석가모니에 의해 창시된 불교 역시 그와 같은 맥락에서 자유롭지 않았을 것이다. 그래서 불교의 가르침을 바탕으로 하는 시「개 같은 그대에게」에서는 "있다고 해도/ 없네/ 없다고 해도/ 있네// 없는 것 같지만/ 있네/ 있는 것 같지만/ 없네// 개처럼 살아도/ 부처/ 부처처럼 살아도/ 개// 눈 뜨고 보니 보이네/ 눈 감고 보니 더 잘 보이네// 개 같은 그대/ 부처 같은 그대"라고 형상화할 수 있었던 것이다.

이와 같은 논거로써 조실 스님의 법문을 이해할 수 있다. "여기, 늪에 빠지지 않고 늪을 건너갈 사람 몇이나 있는가!"라고 한 스님의 말씀에는 세상에 나가 주검으로 돌아온 제자를 나무라면서도 이해할 수밖에 없다는 이율배반이 함의되어 있다. 제자가 비록 이런 모습으로 돌아왔지만 법문을 듣는 너희들 역시도 비껴갈 수 없는 늪이었다는 의미이다. 즉 깨달음, 성聖의 경지로 가려면 늪은 반드시 건너야 하는 과정이지만, 빠져나와서 새로운 땅을 밟는 것이 중요하다는 의미가 될 것이다. 여기서 '새로운 땅'은 늪을 건너기 전보다 성聖의 경지에 가까이 닿아 있어야 한다.

육친에 대한 그리움

극단적인 양면성이 상호 작용하면서 우주 운행이 진행된다면, 소우주라고 할 수 있는 인간의 삶 역시 양면성이 서로에게 유해하게 작용하지 않을 것이라는 판단이다. '좋음'이 있기에 '나쁨'이 있고, '아름다움'이 있기에 '추함'이 있으며, 좋음과 나쁨, 아름다움과 추함 속에는 각각 상반적인 형질이 내재하면서 상호 보완적으로 작용한다. 따라서 성聖과 속俗도 상호 배타적인 세계가 아니라는 것을 인지할 수 있다. 참으로 '인간답다'는 것은 성스럽기만 해도 안 되며, 속세적이기만 해도 안 된다. 따라서 완성된 삶은 성과 속이 조화를 이룰 때만이 가능한 것이라고 할 수 있겠다. 삶이 그러할진대 인간이 창조하고 향유하는 문학작품도 양극이 조화롭게 내면화될 때 예술적이지 않겠는가.

  빈소 향냄새에 그 냄새 묻어 있었다

  첫 휴가 나왔을 때, 감자 한 말 이고 뙤약볕 황톳길 걸어 장에 갔다 와 차려낸 고등어조림 시오리 길 다녀오느라 겨드랑이로 흘린 땀 냄새 밴 듯 콤콤했다 엄마 젖 그리워 패악 치며 울 적마다 가슴 열어 땀내 묻은 빈 젖 물려주던 맛과 똑같았다 그 일 둘만 안다는 듯 영정 속 그녀는 오랜만에 찾아온 시동생 일부러 무표정하게 맞았다 어머니뻘 형수가 차린 오늘 저녁 밥상 고등어조림 대신 국밥이다

  한 수저 뜨는데 뚝, 눈물 한 방울 떨어졌다

—「형수의 밥상」 전문

이 시에서는 홍사성의 전기적인 측면을 엿볼 수 있다. 형제자매가 몇인지는 모르지만 그는 막내아들인 것이 분명하며, 어머니는 시인을 낳은 후 산후병으로 돌아가신 듯하다. 그 후 어린 시인은 형수에게 어머니의 정을 느끼며 자라게 된다. "엄마 젖 그리워 패악 치며 울 적마다" 형수는 "가슴 열어 땀내 묻은 빈 젖"을 물려주곤 하였다. 시인은 형수의 빈소에서 그가 첫 휴가 나왔을 때 감자를 팔아서 고등어를 사오던 땀내를 기억한다. 한여름 시오리 길을 걸어 고등어를 사오던 때와 빈 젖을 물려주었을 때 풍기던 콤콤한 땀내를 잊지 못한다. 그 땀내들은 결코 향기롭

지 않았겠지만 시인의 내면에 진한 그리움으로 각인된 것이다.

첫 휴가 나왔을 때는 고등어조림을 해주시더니, 빈소를 찾은 시동생에게는 무표정한 얼굴로 국밥을 대접할 뿐이다. 빈 젖을 물려주고 **빨던** 사건은 둘만의 비밀이 되어버린 채 형수는 입을 닫아버렸다. 시에 형상화되는 형수의 행위는 희생적인 어머니의 행위와 다를 바 없다. 따라서 형수를 그리워하는 애틋함은 어머니에 대한 그리움과 동등한 위치를 차지한다고 하겠다.

시종일관 묵묵한 그리움으로 독자들을 이끌다가 마지막 연 "한 수저 뜨는데 뚝, 눈물 한 방울 떨어졌다"에서는 기어코 눈물을 떨어뜨리도록 만든다. 여기서 우리는 문학작품이 일관적으로 성스러워야 하는 것이 아님을 인지하게 된다. 지극히 개인적인 사건이나 개인적인 감정이 보편성을 획득하면서 우리 공동의 사건으로 변모하는 것이다. 이처럼 시는 적나라한 현실을 자양분 삼아 탄생하는 예술작품이기도 하다. 단, 현실의 삶이 미적으로 충실하게 승화되었을 때 그 공명이 깊어진다고 하겠다.

두타산 삼화사 뒷방에 앉아
느릿느릿 우는 저녁 종소리 듣는다, 눈 감고
듣고 또 듣는다
산후병 조섭하러 절에 들어가셨다
막내 보고 싶어 외숙모 붙잡고 울던
어머니 떨리는 어깨 같은
그 긴 종소리

겨우내 기다렸다 막 고개 내민
고사리, 곰취, 진달래 몽우리와 절벽에 숨어
말없이 늙어가는 토끼, 산양, 고라니와
먼 산 바라며 마지막으로 듣던
그 오래된 종소리

오늘 듣는다

바람 지나는 소리만 들려도 문 열고 내다보던
아슴한 어머니
건드리기만 하면 어느새 살아나
온 산천 헤매다 돌아와 가슴 울리고 사라지는
먹먹한, 그 종소리

-「종소리, 그 긴 먹먹함」 전문

　시인은 두타산의 절 '삼화사'에서 저녁 종소리를 듣는다. 눈감은 채 은폐된 뒷방에서 혼자 듣는 저녁 종소리는 막내아들 보고 싶어 흐느끼던 어머니의 어깨 떨림으로 환유되기에 이른다. 어머니는 산후병 조섭하러 삼화사에 들어가 막내아들과 생이별의 시간을 보낸 것이다. 마지막 순간에도 "고사리, 곰취, 진달래 몽우리와 절벽에 숨어/ 말없이 늙어가는 토끼, 산양, 고라니와" 함께 종소리를 들었을 어머니. 그 "오래된 종소리"를 오늘은 시인 혼자서 듣고 있다.

　홍사성은 강원도 강릉 출생으로 산골의 정서를 깊이 내면화한 사람이다. 각종 산나물과 꽃나무들, 산에 서식하는 짐승들이 삶의 동반자로 환기되는 것도 산골에서의 체험을 바탕으로 해서이다. 따라서 어머니의 그리움과 적막함에 대한 형상화를 "고사리, 곰취, 진달래 몽우리와 절벽에 숨어/ 말없이 늙어가는 토끼, 산양, 고라니와" 함께 종소리를 들었다고 표현할 수 있는 것이다. '진달래'가 아닌 '진달래 몽우리'라고 표현한 부분은 사계절 중에서도 초봄을 구현하며, 각종 산나물들과 함께 '절벽에 숨어 말없이 늙어가는 토끼 · 산양 · 고라니'라고 형상화한 부분에서는 어머니의 적막함이 극대화된다. 즉, 삼화사는 산짐승 혹은 산나물만이 존재하는 적막한 산중에 위치해 있었던 것이다.

어머니가 아들을 생각하며 들었을 종소리는 어머니에 대한 그리움의 소리로 전이되다가 끝내는 어머니로서 환기되기에 이른다. 바람 지나는 소리만 들려도 아들이 오는가 싶어 문 열어 보았을 어머니. 그 어머니는 오늘 삼화사의 저녁 종소리가 되어 시인의 마음 깊이 들어앉는다. 자신의 탄생이 없었더라면 병을 얻지 않았을는지도 모른다는 생각에 더욱 그립고 안쓰러운 어머니. 그와 같은 그리움이 삼화사의 종소리를 "온 산천 헤매다 돌아와 가슴 울리고 사라지는/ 먹먹한, 그 종소리"로 형상화할 수밖에 없었다고 하겠다.

나가면서

인간다움이 무엇이냐고 묻는다면, 성聖과 속俗을 아우르며 조화로운 삶을 추구할 때 획득되는 것이라고 대답할 수 있겠다. 참으로 인간다움은 성스럽기만 한 것이 아니며, 그렇다고 속세적인 것만도 아니다. 성스럽기만 하다면 인간적인 애환을 외면하기 쉬우며, 속세적이기만 하다면 인간정신의 승화를 향유하지 못하는 과오를 범할 수가 있다.

이쯤에서 원효대사를 떠올리지 않을 수 없다. 원효스님이야말로 성聖과 속俗을 넘나들며 행동하는 교리를 보여준 사람이다. 스님이 당나라로 유학을 떠났다가 밤중에 목마름을 해결해준 단물이 해골에 고인 물이었음을 알고, 일체유심조一切唯心造 즉 우주 현상은 마음먹기에 따라 달라진다는 깨달음을 얻고 되돌아왔다는 이야기는 익히 아는 바이다. 그가 속세적인 삶을 중히 여긴 사건으로는 요석공주와 합궁하여 설총을 낳은 일과 각설이들과 어울려 저자거리를 활보한 사건들을 들 수 있다.

삶의 과정에서 발생하는 서러움·그리움·걱정 등은 지극히 자연스런 인간의 감정이다. 부질없을 것 같은 그 감정들이 문학적으로 승화하

면 최고의 예술작품이 되는 것은 익히 보아온 사실이다. 이와 같은 감정
들은 관념적이 아닌, 살아 숨 쉬는 작품을 탄생시킬 가능성이 짙다. 그러
한 측면에서 아프도록 그리운 대상을 지닌 시인은 귀한 문학적 자산을
지녔다고 하겠다. 그것은 두고두고 삶을 밀고 나가는 슬프고도 아름다
운 윤활유가 될 것이다.

—『시와세계』, 2011년 가을호

제2부

◆
◆
◆
◆
◆

영원한 술래의 빛

서정의 힘, 시의 힘

◆

최동호, 『얼음 얼굴』 / 이원식, 『친절한 피카소』
/ 홍사성, 『내년에 사는 法』

서정시란 무엇인가

가장 오래 된 예술 형태는 원시종합예술로 일컬어지는 민요무용이었다. 후에 민요와 무용이 분화되고 민요는 다시 음악과 시[가사]로 분화되는데, 이때의 시는 문학의 전 영역을 포괄하는 의미를 지니고 있었다. 그리하여 아리스토텔레스는 『시학』에서 시를 서정시, 서사시, 극시로 유형화한바 있다. 그것이 오늘날 서정시는 시로, 서사시는 소설로, 극시는 희곡으로 분화 · 발전하기에 이른 것이다.

그렇다면 서정시는 '시'라는 장르를 총체적으로 포괄하는데, 오늘날 많은 사람들은 서정시를 시의 하위 장르로 오인하고 있다. 즉 서정시를 다양한 시들 중 개인의 정서와 사상을 노래한 작품으로 한정하고 있는 것이다. 이러한 견해에 따른다면 초현실주의 시, 해체시 등은 서정시에서 배제시켜야 하는바, 그것은 잘못된 인식이다. 다시 말해 현대의 모든 시는 서정시로서 불려야 한다는 것이다. 이와 같은 논거로써 모든 시는 서정을 외면하고는 시다운 시가 될 수 없다는 가설을 세울 수 있다.

고대로부터 인류의 삶과 정신세계는 변모를 거듭해왔다. 이에 발맞추어 시인들도 변화에 어울리는 새로운 형식과 새로운 주제의 시를 창작하고자 노력한 것이 사실이다. 극서정시 역시 그러한 노력의 일환으로 제창된 시의 형태라고 할 수 있다.

극서정(極抒情)의 시

최동호는 디지털 시대, 트위터 시대에 성행하고 있는 난삽하고 장황한 소통 부재의 시를 극복하는 대안으로 극서정시極抒情詩를 주창한바 있다(『유심』, 2010년 11·12월호). 여기서 극서정시란 소통 가능하면서도 극도로 정제된 단형의 서정시를 지칭한다. 그와 같은 주장을 반영한 시집으로 『얼음 얼굴』을 내놓은바 '시인의 말'에서 그는 이렇게 쓰고 있다. "정신주의 한 끝에 극서정시의 길이 있다.// 현실이 휘발된 상황에서 / 소통을 지향하는 디지털적 집약의 시가 극서정시다./ 여백과 서정이 극소의 언어 끝에 있다."

호랑나비 등에 작은 낚시 의자 하나 얹어 놓고

난만하게 피어 있는 꽃밭 사잇길 건들건들 날아다니며

낚시 대롱 길게 내려 꽃잎 속 부끄러운 속살 이리저리 뒤지다가
꽃가루 묻은 얼굴로

세상 나들이, 햇빛 낚시 다 마치면
미련 없이 시든 꽃잎 속에 들어가 까만 씨가 되고 싶다

―최동호, 「세상구경」 전문

　최동호의 시 「세상구경」의 시적 화자는 '나'이며, 나는 삶의 여정을 '세상구경'으로 상정해놓고 있다. 세상구경을 하는 구체적인 방법은 "호랑나비 등에 작은 낚시 의자 하나 얹어 놓고/ 난만하게 피어 있는 꽃밭 사잇길"을 "건들건들 날아다"님으로써 이루어진다. 인습적 상징 혹은 보편적 상징에서 나비는 남성으로, 꽃은 여성으로 인지한다. 시적 화자는 날개 달린 남성으로서 의자에 편안히 앉아 "꽃잎 속 부끄러운 속살"을 "낚시 대롱 길게 내려" 유유자적 뒤적인다. 낚시 대롱이 길다는 형상화는 수고롭지 않게 꽃잎의 속살을 뒤적일 수 있는 요인으로 작용한다.

　이 작품에서 독자들은 여성 편력이 많은 남성이미지를 떠올리게 될 것이다. 그러나 전적으로 인습적 상징에만 의지하여 시를 해석하는 것은 위험하다. 시는 양면 혹은 다양한 의미를 함축하면서 역동성을 지니기 때문이다. 이 시에서의 나비는 자유로운 자아를 의미하며, 난만히 피어 있는 꽃은 세상의 갖가지 현상으로 환기할 수 있다. 그렇다면 시적 화자의 세상구경은 자유로운 탐구자가 되어 세상의 지식과 예술을 샅샅이 섭렵하겠다는 의지로 받아들일 수 있다. 이 같은 주제를 해학적·역동적으로 형상화하기 위해 에로틱한 상상력을 도입한 것이다.

　시인의 능청스럽고 해학적인 상상력은 세상구경하고 있는 자신의 얼굴에 꽃가루가 묻어 있다고 표현한 부분에서 극치를 이룬다. 그것은 꽃 속을 드나들다가 꽃가루 범벅이 된 나비 혹은 남성의 얼굴을 떠올린다. 그처럼 우스꽝스러운 모습을 지녔는데도 불구하고 시인은 결코 부끄러워하지 않으며, 세상구경이 끝나면 "미련 없이 시든 꽃잎 속에 들어가 까만 씨가 되"겠다고 한다. 여기서도 독자들은 '씨앗'을 혈육으로 인식하기 쉽다. 그러나 이 시에서는 한 인간이 이루어낸 학문적 업적 혹은 예술적 성과물로 보는 것이 타당하다. 따라서 '미련 없이' 까만 씨가 되고 싶다는 소박한 꿈은 역설적이게도 학문적 업적 혹은 예술적 성과를 이루어내고 싶다는 야무진 욕망을 함의한다.

　최동호는 극서정시를 정의하면서 "여백과 서정이 극소의 언어 끝에 있다"고 주장하였다. 이 주장에 의하면 정제된 서정시는 언어 너머, 언어 밖에서도 서정이 생성된다는 의미로 받아들일 수 있다.『세상구경』은 한 연이 한 행으로 구성되므로 6행이면서 6연이기도 하다. 한 행을 표기한 후 연 가름을 함으로써 독자들은 한 박자 쉬어갈 수밖에 없다. 한 박자 쉬는 동안 언어 밖에 생성되는 이미지를 만날 수 있다.

　　별 없는 캄캄한 밤

　　유성검처럼 광막한 어둠의 귀를 찢고 가는 부싯돌이다.

－최동호,「시」전문

　2연 2행으로 쓰인 이 시는 명료하면서도 간결하게 '시'가 무엇인가를 정의하고 있다. "별 없는 캄캄한 밤"은 삭막하고도 암담한 현실을 환기한다. 별은 인간에게 희망과 그리움의 상징으로 인식되어왔다. 암울한 현실에 발 디디고 있을수록 별을 보면서 절망을 타개하였고, 그리움의 대상으로서 별을 우러르며 위안을 얻어왔다. 별도 없는 캄캄한 밤의 절망적인 상황에서 시는 "유성검처럼 광막한 어둠의 귀를 찢고 가는 부싯돌"과도 같은 존재이다.

　유성은 우주를 떠돌던 진塵이 지구의 대기권에 들어왔을 때 빠르게 낙하하면서 공기와의 마찰에 의해 빛을 발하는 현상이다. 유성이 둥글게 낙하하는 모습은 검을 긋는 형상과도 흡사하며 순간적인 섬광을 일으킨다. 시가 바로 그런 것이다. "지상의 어둠을 헤치고 유성검을 휘둘러 생혈의 피를 솟구치게 하는 것. 그것은 칠흑의 어둠을 밝히고 생명을 탄생시키는 검"이며(최동호,『유심』, 2011년 7 · 8월호), "광막한 어둠의 귀를 찢고 가는 부싯돌"이다. 부싯돌은 무에서 유를 창조하는 것, 돌멩

이끼리 몸을 비벼 '불'을 탄생시킴으로써 인간에게 희망을 안겨주었다. 최동호는 단 두 행으로 '시'를 정의하고 있지만, 언어 끝에 출렁이는 파고는 깊기만 하다.

> 따스한 봄날 공원
> 개와 개가 마주쳤다
>
> 짧은 정적 사이로
> 쏟아지는 하얀 환생(幻生)
>
> 서로는 눈가에 맺힌
> 요람 속에
> 나부꼈다

— 이원식, 「벚꽃 한 줌」 전문

시조는 정형성을 확보한다는 점에서 시와 변별적으로 보기도 하지만, 넓은 의미에서는 서정시에 포함시킬 수 있다. 시조는 소설이나 희곡 형식이 아닌, 시의 형식으로 표기되기에 그러하다. 최동호는 앞의 글에서 극서정시와 단장시조의 변별성을 논의하고 있지만, 극서정시를 확장한 자리에 단장시조 혹은 단형시조를 위치시킬 수도 있다는 판단이다. 즉 극서정시가 단형시조는 될 수 없지만, 단형시조는 극서정시에 포함될 수 있다는 견해이다.

시집 『친절한 피카소』에서 이원식은 단형시조만을 선보이고 있다. 이와 같은 현상은 세계를 완벽하게 자아화하는 데 단형시조 이상의 언어는 필요하지 않다는 의미로 받아들일 수 있다. 이원식이 자신의 문학 블로그에서 "우리 시의 품안에서 짧은 시의 아름다움을 찾기 위하여 단수單首를 택했다"고 고백한 것은 그와 같은 소신을 확인해주는 셈이다.

그렇다면 이 같은 작품들을 극서정시와 근접한 위치에서 해석한다고 해도 무리한 평가는 아닐 것이다.

「벚꽃 한 줌」은 시각적 이미지로써 구성된다. 시적 화자의 시선이 옮겨가면서 각 연의 그림이 다르게 전개될 뿐 화자의 감정은 개입되지 않는다. 제1연에서는 따사로운 봄날 두 마리의 개가 마주치는 장면이 제시된다. 제2연에서는 두 마리의 개가 마주보는 "정적 사이로" "하얀 환생"으로 환기되는 벚꽃잎이 쏟아진다. 환생幻生은 '실제는 없으나 환상처럼 나타남' 혹은 '형상을 바꾸어서 다시 태어남'을 의미한다. 자칫 종교적 관점의 윤회 환생還生으로 오인할 수 있는데, 종교적 의미의 환생은 영혼이 한 번 이상 연속된 존재로 태어남을 지칭한다는 차이점이 있다.

결국 이 시는 타자의 모습에서 자신을 발견해가는 과정으로 해석할 수 있다. 그리하여 제3연에서는 요람 속에 나부끼던 서로의 모습을 발견하고 연민으로 눈시울을 적시기에 이른다. 두 마리의 개에게 제3연과 같은 상황을 촉발시킨 동기는 제2연에서 하얀 환생이 쏟아짐으로 해서이다. 시인은 감정을 배제한 채 수묵화를 그리듯 상황을 묘사함으로써 간결하고도 정제된 시를 탄생시킨 것이다. 언어를 극도로 정제한 만큼 여백의 파장은 깊기만 하다.

> 살얼음 물길 따라
> 먹이를 찾는
> 새끼 물오리
> 저만치 어미 물오리
> 눈시울이 붉어있다
> 산책길,
> 길 멈춘 모녀(母女)
> 두 숨소리 젖어있다

-이원식, 「데칼코마니」 전문

살얼음 덮인 강물에서 아기오리는 먹이를 찾기 위해 헤엄을 치고, 저 만치서 지켜보는 어미오리는 눈시울이 붉다. 산책하다가 어미오리와 아 기오리의 모습을 지켜보는 어머니와 딸 역시 숨소리가 젖은 채이다.

이 시의 제목은 '데칼코마니'이다. 데칼코마니는 종이 위에 그림물감 을 칠하고 반으로 접거나 다른 종이를 덮어 찍어서 대칭적인 무늬를 만 드는 회화 기법이다. 이쯤에서 시제를 '데칼코마니'라고 지은 시인의 의 도를 짐작할 수 있다. 어미오리와 아기오리가 데칼코마니의 한쪽 부분 이라면, 산책하다가 눈시울을 적시는 모녀는 그들과 대칭을 이룬다. 이 와 같은 대칭에서 빗나간 부분이 있다면 바라봄의 각도와 연민을 일으 키는 대상이 다르다는 것이다. 어미오리가 아기오리를 바라본 반면, 산 책하던 모녀는 두 마리의 오리를 동시에 바라본다. 따라서 어미오리가 연민하는 대상이 아기오리라면, 모녀는 어미오리의 행위를 보고 연민의 눈시울을 적시고 있다. 생명체 중에서 자식 사랑하지 않는 종種이 어디 있겠는가? 이원식은 보편적인 진리를 문학적으로 섬세하게 승화시키는 데 성공하고 있다.

이원식의 작품들은 짐승과 사람의 생명을 동등하게 인식하면서 동일 한 사고체계를 지닌 것으로 환기하고 있다. 『친절한 피카소』에 상재된 작품들 대부분이 두 작품과 창작기법이 유사하지만, 다수의 작품들은 종교적 깨달음을 보여주기도 하고, 선의 세계를 형상화하면서 불교적 색채를 진하게 드러낸다.

나비
한 마리
빈 들판 가로질러
날아온다

소리 없이 잠 깨는

유채꽃 동백꽃 매화 산수유
벚꽃 배꽃 백목련 개나리 진달래 철쭉……

… 중략 …

맨발로 서 있자니 발바닥이 간지럽다

―홍사성, 「나비효과」 일부

'나비효과'란 미국의 기상학자 에드워드 N. 로렌츠가 발표한 이론으로, 일반적으로는 작고 사소한 사건 하나가 나중에는 커다란 효과를 일으킨다는 의미로 쓰였다. 한 예로, 브라질에 있는 나비의 날갯짓이 미국 텍사스에 토네이도를 발생시킬 수도 있다는 것이다. 이후 나비효과는 시련을 극복하기 위한 작은 움직임이 끝내는 성공을 이끌어낼 수 있다는 긍정적인 사고를 고취시키는 데 흔히 인용되었다.

그렇다면 홍사성의 시 「나비효과」의 해석은 간단해진다. 빈 들판을 가로질러 나비 한 마리가 날아오자 겨울 동안 잠들어 있던 온갖 꽃나무들이 꽃을 피우기 시작한다. 나비는 봄의 전령사로서 그의 출현이 꽃나무들을 일깨우는 촉매가 되는데, 기상과 관련한 이론을 봄을 확산시키는 현상으로 증폭시킨 것이다.

그러나 뭐니뭐니해도 이 시에서 의미심장한 부분은 맨발로 서 있는데 발바닥이 간지럽다고 형상화한 마지막 연이다. 간지럽다는 것은 발밑에서 변화가 일어나고 있음을 의미한다. 나비 한 마리가 날아왔을 뿐인데 꽃들이 피어나더니 이번에는 내 발바닥이 간지럽다. 이러한 상황의 배후는 두 가지 관점에서 추측할 수 있다. 첫째는 땅속에서 새로운 생명이 탄생하려는 움직임이다. 새로운 생명은 싹을 틔우려는 식물일 수도 있고, 땅을 뚫고 나오려는 개구리 혹은 여타 동물의 움직임일 수도 있다.

둘째는 생명이 소생하는 계절에 시적 자아 역시 성장·발전하려는 신체
적 변화로서의 징후이다. 나비효과의 일반적인 상황 외에 "맨발로 서 있
자니 발바닥이 간지럽다"와 같은 형상화야말로 '시적이다' 혹은 '시답다'
라는 말을 만족시켜주는 핵심 구절이라고 하겠다.

누굴까?

흔드는 기척에/ 잠 깨어 둘러보아도

없다

창문 열고 밝아오는 새벽/ 희부윰한 하늘

아, 저기!

눈길마저 아물거리는 곳에/ 반짝이는/ 별/ 하나

나, 여기 있다고/ 밤새/ 널 보고 있었다고

―홍사성, 「어머니」 전문

어느 날 시인은 고향집에 가서 하룻밤 묵게 되었을 것이다. 고향집은
어머니와 공유한 추억이 존재하는 곳이다. 쉽게 잠들지 못하고 어머니
의 기척을 사방에서 느끼지만 둘러보면 아무도 없다. 밤을 새운 새벽녘
에야 희뿌연 하늘에 별로 떠 있는 어머니를 포착하게 된다. 어머니는
"눈길마저 아물거리는 곳"에서 시인을 지켜보고 있었던 것이다. 그리움
으로 뒤척인 눈은 짓물러 있었을 테고, 젖은 눈에 포착되는 어머니의 상
은 또렷할 리가 없다.
　　홍사성의 시집 『내년에 사는 法』에는 불교적인 사유가 다수 등장한

다. 그런데도 가족사를 다룬 몇 편의 시가 더욱 가슴을 울리는 것은 왜일까. 이 부분에서 시는 현실을 밑거름으로 삼되 첨예하게 승화되었을 때 좋은 시가 될 수 있다는 말이 절실하게 다가온다. 어려서 어머니를 여의고 형수의 빈 젖을 빨았다고 하는 시 「형수의 밥상」을 읽을 때는 "한 수저 뜨는데 뚝, 눈물 한 방울 떨어졌다"라고 한 부분에서 눈물을 겹쳐 떨어뜨리지 않을 수 없었다.

나가면서

그동안 많은 시인들이 서정시에 대하여 논의해왔다. 김춘수는 '무의미시'를 언급하면서 창작에 진력하였고, 오규원은 관념을 배제한 '날[생]이미지 시'를 주장하였다. 황동규는 이야기가 있는 '극劇서정시'를 현대시의 대안으로 내세웠고, 이승훈은 '비대상시'를, 김지하는 '생명시'를 비롯해 '흰 그늘의 시학'을 주장해왔다. 이들은 모두 현역의 시인들로서 자신의 시를 점검하고 새로운 방향을 모색하는 과정에서 창출된 시론이라는 특징을 공유한다. 최동호의 '극서정시' 역시 이들의 연장선상에서 이해할 수 있겠다.

그러나 지금까지의 시론이 주로 시의 사상(?)에 대해 논의했다면, 최동호의 '극極서정시론'은 내용은 물론 형식까지 언급했다는 측면에서 변별성을 보인다. 극도로 짧고 정제된 언어로 우주의 원리 혹은 개인의 사상을 함축한다는 것은 쉬운 일이 아니다. 그러나 장황한 시, 난삽한 시들이 유행하는 현 시단을 극복하는 대안으로 극極서정시가 일말의 역할을 수행할 것임은 틀림없다고 하겠다.

어떠한 문학 이론이든 그것을 완벽하게 만족시켜주는 작품은 찾아보기 힘들다. 이 글에서 논의한 작품들 역시 극서정시를 100% 재현했다고 보기엔 어려움이 있다. 그러나 적어도 극서정시가 추구하는 세계에 근접해 있음은 의심할 여지가 없다고 하겠다.

—『불교문예』, 2011년 가을호

영원한 술래의 빛

◆

김세형,『찬란을 위하여』/ 이홍섭,『터미널』
/ 임희구,『소주 한 병이 공짜』

단숨에 읽히는 시

현실 사회에서 자본의 창출과 거리가 먼 것이 시 쓰는 일인지도 모른다. 그런데도 시인들의 맹목적인 시사랑에는 가슴 쩡함을 느끼지 않을 수 없다. 척박한 땅에서 순 햇빛의 곡식을 수확하고자 안간힘을 다하는 모습이 눈물겨울 뿐이다.

다량으로 쏟아지는 시집들 중 어떤 것이 좋은 작품인가에 대한 의견은 관점에 따라 다양하게 추론될 수 있다. 한 개인의 경우에도 시간의 경과에 따라 시에 대한 인식은 달라지곤 한다. 이 계절의 시집들을 섭렵하면서 필자 또한 색다른 견해를 지니게 되었는데, 그것은 다음 장을 기대하도록 하는 시, 단숨에 읽힌 다음 오랫동안 여운을 주는 시라는 관점이다. 이것을 달리 말하면 읽히는 힘을 지닌 시라고 말할 수 있겠다. 작품 하나하나를 분석하면 문학성이 높은데 다음 장이 기대되지 않는다면 그

"

시들은 결코 좋은 작품이라고 평가하기 어려울 것이다.

이 글의 텍스트로 선정된 세 권의 시집은 읽히는 힘으로 독자들을 사로잡는다는 공통점을 지닌다. 김세형의『찬란을 위하여』는 발끝의 진액까지도 끌어올리는 듯 절창으로 일관되며, 이홍섭의『터미널』은 인간의 근원적인 슬픔을 정치하게 형상화한다. 그리고 임희구의『소주 한 병이 공짜』는 참으로 사람다운 사람의 시라는 인식을 떨쳐버릴 수가 없다.

연애와 구도(求道)의 찬란한 합일

젊은 시절 꽃을 피웠다가 일찍 시들어버리는 사람이 있는가하면, 척박한 땅을 딛고 줄기차게 꽃대를 가꾸어가는 사람이 있다. 후자의 경우를 '대기만성大器晩成형' 인간으로 불러도 좋을 것이다. 대기만성형의 사람은 나이 들어서도 신념을 실현하기 위한 열정이 매우 강하다. 동년배의 사람들이 삶을 내려놓는 시기에 그는 새로운 여정의 시작점 혹은 절정에 서 있기도 하는 것이다. 김세형 시인이 바로 그런 사람이다. 안일한 삶을 지향하는 동년배들이 여가를 즐기는 시간에 그는 견고한 시세계를 구축해왔다.

『찬란을 위하여』는『모래인어』,『사라진 얼굴』에 이은 김세형의 세 번째 시집이다. 결코 이르다고 할 수 없는 나이에 첫 시집을 낸 이후 일취월장하는 저력은 어디에서 연유하는 것일까. 그것은 다름 아닌 시사랑의 힘일 것이다. 시사랑의 열정이 역동적인 시세계를 견지해 나가도록 추동한 것이다.

사람의 등이 절벽일 때가 있다
그 절벽 앞에 절망하여 면벽하고 있을 때가 있다

아주 오래토록 절벽 앞에 면벽하고 있어 본 사람은 안다
그 절벽이 얼마나 눈부신 슬픔의 폭포수로 쏟아지는
짐승의 등인가를……그리고 마침내는 왜?
그 막막한 절벽을 사랑할 수밖에는 없는가를……
자신에게 등을 돌리고 앉아 있는 이의 등 뒤에 앉아
오래토록 말이 없이 면벽해 본 사람은 안다
난 늘 그렇게 절벽 앞에서 묵언정진 해왔다
내게 등 돌린 사람만을 그렇게 사랑하곤 했다
난 내게 등 돌린 이의 등만을 사랑한 등신이었다
사랑에 있어서 난 신(神)의 경지에 오른 등신이었다

―김세형, 「등신」 전문

김세형은 이번 시집에서 기술문명의 폐해를 고발하기도 하고, '생태열반론'이라는 연작시를 통해 환경문제를 제기하는 등 다양한 분야에 관심을 보이고 있다. 그런가하면 「모심」은 마름모꼴로 시어를 배열하고, 「농담」은 '농담'이라는 시어를 각운으로 반복·배치함으로써 형식적인 측면에서도 실험정신을 발휘하고 있다. 그러나 뭐니뭐니해도 이번 시집의 거시적인 구도는 시인 자신도 밝혔듯이 연애와 구도求道의 합일이라고 하겠다. 그래서 이 시집에는 남녀관계의 형이상形而上을 조망한 시들이 다수 등장한다.

시 「첫날밤에 있었던 일」에는 '나'와 '그녀'가 등장한다. 극락이 어디 있느냐는 그녀의 물음에 나는 그녀의 알몸을 가리켰고, 지옥이 어디 있느냐는 물음에도 그녀의 알몸을 가리킨다. 그러나 열반이 어디 있느냐는 물음에는 침실 벽만을 바라보다가 그녀를 진노하도록 만든다. 이 시의 주제를 함축하면 "간극 없는 극락,// 그 무간 지옥."(「사랑 2」)이 될 것이다. 사랑이 주는 간극 없는 황홀은 역설적으로 깊고도 깊은 무간지옥이 될 수 있다는 의미이다. 김세형은 '연애'의 실체를 여실하게 인식함으

로써 구도의 길에 들고자 한 것이다.

그러한 관점에서 사랑은 결국 돌아선 사람의 등을 오래도록 바라보는 일이 아닐까 한다. 절벽 같은 그 등이 "눈부신 슬픔의 폭포수로 쏟아지는/ 짐승의 등"임을 깨달았을 때, 그 등을 사랑하지 않을 수 없게 되는 것이다. 시인은 늘 등 돌린 사람을 사랑함으로써 묵언 정진해왔다고 한다. 따라서 등 돌린 사람의 등만을 사랑해온 시인은 등신(바보)이지만, 사랑에 있어선 "신의 경지에 오른 등신登神"이 되기도 한다. 황홀한 사랑이 무간지옥으로 변했을 때, 절벽 같은 등을 바라보며 묵언 정진하는 과정이 구도의 길이 아닐까 한다.

2.

어디선가 새벽닭 홰치는 소리 어렴풋이 들려오고
희부윰한 새벽이 내 안에 슬픔처럼 밝아왔다
어미 닭이 알을 품듯 밤새
가부좌 틀고 조용히 한 자리에 앉아 있어도
내 유년의 품속 달걀은 아직 깨어지지 않고 있다

3.

—새는 알을 까고 나오려고 투쟁한다, 알은 세계다
태어나려는 자는 하나의 세계를 깨드려야 한다—

그러나 닭의 모가지를 비틀어도
난 아직도 캄캄 밤중이다

줄(啐)한 지가 언제인데,
불혹을 지난 지가 그 언제인데,
난 아직까지도 미혹 속에서 깨쳐나지 못하고 있다

죽비가 내려쳐졌다

탁(啄)!

−김세형, 「줄탁동시 2」 일부

'줄탁동시'란 알 속의 병아리가 껍질을 쫄 때, 어미가 그 소리를 알아듣고 동시에 바깥에서 쪼아줌으로써 병아리를 세상에 나오도록 한다는 의미를 지니고 있다. 이 말은 제자가 진리를 깨우치고자 노력할 때 때맞춰 스승이 마중물을 부어줌으로써 깨달음에 도달하게 된다는 의미를 함의하기도 한다.

김세형은 새벽이 올 때까지 가부좌 틀고 앉아 수행하여도 유년의 달걀을 깨뜨릴 수가 없다. "줄(啐)한 지가 언제인데,/ 불혹을 지난 지가 그 언제인데," "아직까지도 미혹 속에서" 깨어나지 못하고 있다. 그때 죽비가 내리쳐진다. "탁(啄)!" 드디어 줄啐과 탁啄의 협력이 이루어진 것이다. 줄탁동시의 힘에 기대어 좋은 시를 얻고자 하는 안타까움이 여실하게 표현된 작품이다.

슬픈 이승의 공간, 터미널

이홍섭의 『터미널』에는 「터미널」 연작시가 아홉 편 실려 있다. 시집명으로서 '터미널'을 선택한 것은 「터미널」 연작시에 애정을 지니고 있다는 의미로 받아들일 수 있다. 그의 시에서 '터미널'은 슬픈 삶의 공간으로 상정된다. 터미널은 떠난 사람을 기다리는 공간도 되고, 내가 홀연히 떠나는 공간도 되며, 저승으로 향한 문이 열려 있는 공간이기도 하다. 설사 돌아오는 공간으로 기능한다 해도 돌아온 후의 삶까지 조망하지

않으며, 돌아올 당시의 모습만을 관망하는 데 그친다. '터미널'에 낯모르
는 사람들이 오고가듯이 다양한 삶의 모습들이 시인의 무심한 시선으로
묘사된다. 시적 화자의 목소리는 높거나 수다스럽지 않지만, 거리가 존
재하는 담담한 형상화는 소리 내지 않고 우는 강물처럼 유장한 슬픔을
내재한다.

강릉고속버스터미널 기역 자 모퉁이에서
앳된 여인이 갓난아이를 안고 울고 있다
울음이 멈추지 않자
누가 볼세라 기역 자 모퉁이를 오가며 울고 있다

저 모퉁이가 다 닳을 동안
그녀가 떠나보낸 누군가는 다시 올 수 있을까
다시 돌아올 수 없을 것 같다며
그녀는 모퉁이를 오가며 울고 있는데

엄마 품에서 곤히 잠든 아이는 앳되고 앳되어
먼 훗날, 맘마의 저 울음을 기억할 수 없고
기역 자 모퉁이만 댕그라니 남은 터미널은
저 넘치는 울음을 받아줄 수 없다

누군가 떠나고, 누군가는 돌아오는 터미널에서
저기 앳되고 앳된 한 여인이 울고 있다

—이홍섭, 「터미널 2」 전문

터미널을 오가는 사람들은 구체적으로 각인되는 인물이 아니라 베란다
에서 바라보는 풍경처럼 거리를 두고 관망하기에 파스텔의 슬픈 색채가
덧씌워지기도 한다. 잠든 아기를 안고 모퉁이를 오가며 울고 있는 여인이

측은지심을 불러일으키는 것도 이 때문이며, 이와 같은 형상화는 여인과 우리가 동일시되는 데 기여한다. 따라서 이 여인의 울음은 우리 모두의 울음이 되고, 이 여인의 아득함은 우리 모두의 아득함이 되는 것이다.

앳된 여인이 울며 오가지만 품속에 잠든 아기는 그 사실을 기억할 리 없을 것이라는 형상화에는 처연함이 내재한다. 따라서 터미널은 사건이 일어난 공간임과 동시에 세월이 흐른 후에는 사건을 망각하는 구실을 한다. 터미널은 우리의 현실이지만 현실이 아닌 시공간에 위치하기도 하는 것이다.

여인이 앳되다는 것, 아기를 안고 있다는 것, 울고 있는 장소가 터미널 모퉁이라는 형상화에는 여인에 대한 책임의식이 강하게 함의된다. 따라서 여인을 그렇게 만든 것은 우리 사회, 우리 모두의 책임이라는 논리가 성립한다. 죄의식을 지니고 여인을 지켜보는 시적 화자는 기역자 모퉁이가 다 닳는다고 생각하다가 터미널을 함축하는 이미지로서 기역자 모퉁이만 남았다고 상상하기에 이른다. 그만큼 터미널의 기역자 모퉁이는 강렬한 그림으로 내면의 중심에 각인된 것이다.

> 아이의 울음소리 들리는 곳에 짐을 풀었으나
> 내 울음만 듣다 한철을 보냈다
>
> 아이의 말이 트일 때쯤 짐을 싸려 했으나
> 이제는 가난한 애비가 문장을 만들지 못한다
>
> 아이가 말을 얻고, 애비가 문장을 잃는 사이
> 짐을 풀고, 짐을 싸기를 반복하는 사이
> 너가 오고 내가 가는 이 아름다운 이승에
> 우리가 머물다 갈 소슬한 집 한 채가 다 지어졌다

—이홍섭, 「터미널 7」 전문

시로써 만나는 이홍섭은 인간사를 포함하여 자연현상을 사랑의 시선으로 인지하는 사람이다. 그가 구현하는 삶의 정황은 나직한 슬픔을 동반하는 것이 대부분인데 「터미널 7」도 예외가 아니다. 한 여인을 떠나보내려 했으나 끝내 보내지 못하였고, 한 여인을 사랑하지도 못한 채(「터미널 5」) 세속살이를 시작했으며, 아이의 탄생을 계기로 방랑의 짐을 내려놓았으나 자신의 울음소리만 들으며 한철을 보냈다는 것이다. "아이의 말이 트일 때쯤" 다시 "짐을 싸려 했으나/ 이제는 가난한 애비가 문장을 만들지 못한다." 삶이란 떠나고자 하는 망설임이요, 책임감에 매인 슬픈 현실임을 여실하게 형상화한 시이다. 삶은 "아이가 말을 얻고, 애비가 문장을 잃는 사이"가 되기도 하며, "짐을 풀고, 짐을 싸기를 반복하는 사이"가 되기도 한다. 문장을 잃은 애비가 짐을 풀고 싸는 사이를 새 생명이 채워가면서 가족사가 형성되는 것이다. 인간 본연을 버리지 못한 한 사람의 고백이 쓸쓸하게 여울지는 시이다. 그러나 삶을 사랑하는 시인은 그러한 이승살이마저 아름답게 인식하고자 한다.

사람다운 사람의 시

임희구의 『소주 한 병이 공짜』는 『걸레와 찬밥』 이후 두 번째 시집이다. 두 시집명에 등장하는 '소주·공짜·걸레·찬밥' 등의 어휘는 서민적인 이미지를 함의한다. 이들 어휘에서 인지할 수 있듯이 임희구는 사회의 저소득층이 담당하는 직업에 몸을 담고 있다. 그는 우리 사회의 기층부를 튼실하게 받쳐주고 있는 셈이다.

소주는 서민들이 즐겨 마시는 술로서 한 병만 공짜로 얹어준대도 그들을 행복하게 만들어주는 물건이다. 물질이 풍족한 사람들에겐 반향을 일으키지 못할 사건이 시집명으로 채택된 사실에서도 임희구의 소박성

이 엿보인다고 하겠다. 따라서 그의 시를 읽어가노라면 원색의 사람냄
새가 치장하지 않은 채 밀물져온다.

> 쌀을 안치는데 어머니가 안 보인다
> 그리 멀지 않은 곳에 어머니가 계실 것이다
> 나는, 김씨! 하고 부른다
> 사람들이 들으면 저런 싸가지 할 것이다
> 화장실에서 어머니가
> 어!
> 하신다
>
> … 중략 …
>
> 언제 나올지 모르는 똥을 누려고
> 지금 변기 위에 앉아계시는 어머니는
> 나이가 여든다섯이다
> 나는 어머니보다 마흔한 살이 어리다
> 어려도
> 어머니와 아들 사인데 사십 년 정도는 친구 아닌가
>
> … 중략 …
>
> 엄마가 임마 같다

－임희구, 「김씨」 일부

시 「김씨」의 내용으로 보아 시인의 어머니는 김씨 성을 지닌 85세의
노인인 듯하다. 어머니보다 마흔한 살 아래인 시인은 늙은 어머니를 위
해 밥을 짓고 집안일을 하면서 어머니를 어머니라고 부르지 않고 '김씨'
라고 부른다. 늘 그렇게 해왔던 듯 어머니 또한 그와 같은 부름에 익숙하

게 대답한다.

　이야기를 좋아하는 어머니를 위해 귀양살이 중에 「사씨남정기」와 「구운몽」을 집필했던 김만중은 유복자로서 태어났다. 효자였던 그는 집안에 잔치가 있거나 어머니의 생신이 돌아오면 색동옷을 입고 춤을 추며 재롱을 부렸다고 한다. 그것은 어머니가 자식의 재롱을 볼 때 가장 기뻐한다는 사실을 알고 난 후의 일이었다. 임희구의 시를 보면서 김만중의 일화가 생각나는 것은 왜일까. 어머니를 김씨라고 부르는 시적 화자의 행위는 어머니에게 웃음을 만들어주기 위한 노력이었던 것이다.

　아들이 일하러 나가면 하루 종일 졸면서 텔레비전만 보는 어머니(「쉬는 시간 2」). 생활비에 보탤까 싶어 빈병을 주워 모으는 어머니(「어머니 병 팔러 가셨다」). 아들과 단둘이 송년회를 하다가 아들의 발뒤꿈치에 안티푸라민을 발라주는 어머니(「송년회」)가 형상화되는 작품들은 가슴을 먹먹하도록 만들기에 충분하였다. 어머니를 즐겁게 해주기 위해 나이 든 아들답지 않게 어리광을 부리는 모습은 긴 수염을 지닌 김만중이 색동옷을 입고 어머니 앞에서 춤추던 행위와 다를 바 없다고 하겠다.

그해 겨울은 암담했다
나는 아직도 어머니 뱃속에 있었으므로
처리해야 할 일들이 산더미같이 쌓여있었으나
손끝 하나 댈 수가 없었다 세상에는
끊임없이 눈보라가 쳤다
어머니 뱃살로 느껴지는 쌩쌩한 바람들이
날마다 귓전을 울렸다
그 무렵 아버지는 대패질을 하면서
다시는 건너오지 못할 먼 길을 건너가고 있었다
나는 아버지의 암세포처럼
독한 약물에도 지워지지 않는 지독한 싹으로
끈질기게 살아남아야 할 생을

생살로 터득하면서
죽은 듯이 입 꼭 다물고 눈 꼭 감고
한없는 날들을 웅크리고 있었다
어머니 그렇게 나를 지우고 지우며 품었다

─임희구, 「1964」 일부

　시 「1964」는 한 편의 동화를 연상시킨다. 시적 화자는 어머니 뱃속에 들어 있는, 태어나기 전의 나로서 "어머니 뱃살로 느껴지는" 세상을 감지할 뿐이다. 아버지는 목수였으나 다스릴 수 없는 병에 걸려 이승을 뜰 준비를 하고 있었고, 처리할 일들이 산더미 같았지만 뱃속에 있는 나는 손을 쓸 수가 없다. 아버지의 임종이 확실해진 상황에서 나를 배 속에 지닌 어머니의 겨울은 춥고 을씨년스러울 수밖에 없었을 것이다. 어머니는 나를 지우기 위해 독한 약초를 복용했으나, 나는 "끈질기게 살아남아야 할 생을/ 생살로 터득하면서/ 죽은 듯이 입 꼭 다물고 눈 꼭 감고/ 한없는 날들을 웅크리고 있"어야만 했다. 그렇게 어머니는 나를 지우고 지우면서 품은 것이다.

　자신의 기막힌 탄생을 냉정한 시선으로 읊은 시이다. 세상의 파고를 극복해나가는 강인한 힘은 이러한 출생적 사실이 근간이 되지 않았나 싶다. 그것이 어머니와 아들을 끈끈한 정으로 묶어놓은 것이다. 우리는 화려하지 않은 출생을 자양분 삼아 아름다운 삶을 가꾸어가는 사람들을 흔히 보아왔다. 더구나 그가 시인이라면 누구도 지니지 않은 문학적 자산을 지닌 것이 될 것이다. 시는 적나라한 현실이 미적으로 승화되었을 때 감동을 주고 생명력을 얻을 수 있기 때문이다.

영원한 술래의 빛

MBC에서 기획한 '일밤―나는 가수다' 프로그램을 보다가 우연히 가수 김경호의 노래를 들을 수 있었다. 조용필의 「못찾겠다 꾀꼬리」를 편곡해서 불렀는데 역동적이면서도 섬세한 감정 표현은 오랫동안 전율을 거두어가지 않았다. 꿈을 찾아가는 인간의 행위를 어린 시절의 술래잡기에서 유추한 노랫말 또한 음률 못지않은 감동으로 다가왔다. 인간은 숙명적으로 잡을 수 없는 대상을 찾아 술래가 되어 울먹이는지 모른다. 시인들의 시 쓰기 또한 술래잡기가 아닐까 한다. 밤이 다가와도 포기하지 못한 채 골목을 헤매는 것이 시인들의 술래잡기이다.

이 계절 세 술래가 온몸으로 찾아낸 시를 읽으며 구도의 길에 동행하는 기쁨이 컸다. 김세형은 시가 무엇인가를 끊임없이 묻고 대답함으로써 노력하는 시인의 면모를 보여주고 있으며, 이홍섭은 쓸쓸하지만 높고, 슬프지만 아름다운 삶을 정치하게 천착하고 있었다. 임희구는 사회의 제반 현상을 비판적인 시각으로 고발하거나 삶의 주변을 담담하게 형상화함으로써 사람살이의 한 형상을 구현하는 데 성공했다고 할 수 있다. 이들의 꿈이 찬연하게 성숙해가기를 마음 모아 비는 바이다.

―『불교문예』, 2011년 겨울호

고원에서의 삼중주

◆

정호승,『밥값』/ 김영석,『거울 속 모래나라』
/ 하종오,『제국』

들어가면서

　21세기 서구 철학의 이정표를 세운 '질 들뢰즈'와 '펠릭스 가타리'의
『천 개의 고원』은 인간의 지성이 구축할 수 있는 지식과 경험을 긍정적
으로 종합함으로써 현재까지의 인문학이 실현해온 온갖 모험이 소통하
고 접속하며 교통하는 양상을 보여주었다.

　이들의 이론이 대두되기 전, 인간과 사회는 보편적으로 수목樹木형 인
식 속에서 살아왔다고 하겠다. 나무의 잔뿌리와 잔가지는 중간뿌리와
중간가지로 귀속되고, 중간뿌리와 중간가지는 중심뿌리와 중심줄기로
귀속되면서 거대한 수목을 이루었다. 이 경우, 각각의 사물 혹은 인간은
'나무'라는 통일체의 일부일 뿐이며, 중심의 맨 윗자리는 첨탑처럼 뾰족
한 정점頂点으로 존재하였다.

　수목형 삶과는 상반되는 양상으로 리좀rhizome을 들 수 있다. '리좀'은

'덩이줄기'를 의미하며, 곁뿌리나 잔뿌리들이 모이는 중심이 없다. 이 경우, 가지 또는 줄기는 서로 만나고 흩어지는 방식으로 접속하고 분기分岐하며 우발적·역동적으로 뻗어나가는 생명력을 지닌다. 리좀형 삶에는 중심에 존재하는 맨 윗자리가 없으며, 도달하기 어려운 고원高原만이 있을 뿐이다. 그것도 천 개쯤이나 되는 정점 아닌 지고至高의 평원이 어깨를 결듯 존재한다.

2011년을 잉태하고 분만한 겨울의 추위는 길고도 혹독하였다. 그러나 두꺼운 얼음장도 시인들의 생명력을 저지하지 못한 듯, 혹한 속에서도 여러 시인들이 작품집을 내놓았다. 그들의 작품집을 천착하면서 천 개의 고원을 떠올린 것은 첨탑에 귀속되기를 거부하고, 덩이줄기로 존재하려는 몸짓을 확인했기 때문이다. 하지만 동일한 음색을 거부하고 역동적인 색채를 구현하면서도 동시대라는 맥락 속에서 이들은 서로 소통하고 접속하기에 게으르지 않았다. 다양한 이질성이 모여 거시적으로는 우리 현대시의 한 고원을 형성하기에 그러하다.

끌어안기 혹은 내어주기

정호승의 『밥값』은 지난 겨울의 혹한을 녹여주기에 부족함이 없는 시들로 구성되어 있었다. 이 시집에서 시인은 사물 혹은 자연 현상 모두를 끌어안거나 자신을 내어주는 시적 장치를 도입한다.

　　천년 바람 사이로
　　고요히
　　폭설이 내릴 때
　　내가 폭설을 너무 힘껏 껴안아
　　내 팔이 뚝뚝 부러졌을 뿐

부러져도 그대로 아름다울 뿐
아직
단 한번도 폭설에게
상처받은 적 없다

—정호승, 「설해목」 전문

인용한 시 「설해목」은 지금까지 인간사회를 지배해온 인과응보적인 도덕률 혹은 법률을 강하게 거스르는 역설을 지닌다. 폭설이 내려 나뭇가지를 덮으면 그 무게를 감당하지 못한 가지가 부러진다고 생각하는 것이 보편적인 견해이지만 정호승은 자신이 폭설을 너무 세게 껴안았기 때문에 팔이 부러졌을 뿐이라는 인식을 제기한 것이다. 따라서 나무는 폭설에게 한 번도 상처받았을 리 없다.

가볍고 부드러운 눈이지만 거듭 쌓이면 나뭇가지를 부러뜨린다는 측면에서 설해목은 순간순간 티끌 같은 죄라도 짓지 말고 살아야 한다는 교훈을 함의한다. '가랑비에 옷 젖는 줄 모른다'는 속담이 있듯이, 크게 해가 되지 않는 양심의 죄라도 한 생애 동안 쌓이면 감당할 수 없는 생의 역사가 되어버리는 것이다.

하지만 작품에 형상화되는 '눈'은 '죄'가 아니라 나를 필요로 하는 '어떤 것들'이다. 나는 그들을 받아들임으로써 팔다리가 부러지는 상처를 입기도 하지만 설해목이 되어서도 그들을 원망하지 않는다. 내 팔을 부러뜨린 것은 그들이 아니라, 그들을 힘껏 껴안은 자신이기 때문이다. 이와 같은 인식에서 우리는 거룩한 보시報施를 목격하게 된다. 이처럼 정호승은 삶의 현장에서 일어나는 현상들을 끌어안고 수용하려는 시적 태도를 견지한다. 이와 같은 태도는 결국 시인의 삶의 태도이면서 시집 『밥값』을 특징짓는 창작 원리이기도 하다.

늙은 아버지의 몸을 씻겨드리는 일은
내 시체를 씻기는 일이다
하루종일 밖에 나가 울고 돌아와
늙은 아버지를 모시고 공중목욕탕에 가서
정성껏 씻겨드리는 일은
내 시체의 눈물을 씻기는 일이다
아버지의 몸에 남은 물기를 다 닦아드리고
팬티를 갈아입혀드린 뒤
공손히 손톱을 깎아드리는 일도
내 시체에서 자란 눈물의 손톱을 깎는 일이다
나는 오늘도 하루종일 울고 돌아와
늙은 아버지의 몸을 씻겨드린다
밤의 벌레 뒤를 따라가
풀잎 위에 등불을 달고
내 시체를 눕힌다

−정호승,「풀잎에게」전문

　정호승의 수용적인 시적 태도는 이 작품에서도 어김없이 구현된다. 시체와도 같은 아버지를 씻기고 손발톱을 깎아주면서 그는 거부감이나 불쾌감 없는 애정을 행사한다. 이와 같은 시적 태도는 삶에 대한 사랑과 인간 사랑에서 근거하며, 이것은 죽음에 대한 사랑으로 발전해간다. 아버지의 몸을 씻기는 일은 곧 자신의 시체를 씻기는 행위와 다름없는 것이었다.

　정호승의 작품에 그려지는 시적 자아는 가난하고 부드럽고 나약한 존재이다. 따라서 시적 자아의 하루살이는 물질적인 호사와는 거리가 먼 '울고 다니는 행위'와 다르지 않다. 그와 같은 남루가 "하루종일 밖에 나가 울고 돌아"왔다고 표현되고 있다. 여기서 주목할 것은, 시인의 '울음'이 억울함이나 분노의 감정이 섞이지 않은, 삶 사랑에서 우러나온 따뜻하고도 아름다운 울음이라는 것이다. 그렇다면 시인이 울고 다닌 하루는 사랑을 주고받는 행위들이 축적된 시간의 집합으로 환유할 수 있겠다.

욕심이 배제된 시인의 인식은 밤마저 작은 벌레로 상정하기에 이른다. 여기서 '밤'은 하루를 마무리하는 시간이기도 하지만, 한 생을 마무리하는 '죽음'을 의미하기도 한다. 우리는 밤이라는 '작은 죽음'을 수없이 맞이하면서 '큰 잠'인 죽음에 이르는 것이다. 그러나 불교의 윤회사상에 기대어 보면, 죽음이 모든 종말을 의미하는 것은 아니다. 죽음은 다른 생명으로 환생하기 위한 '한 잠'에 불과할 뿐이다.

조용하고 단아한 죽음을 꿈꾸는 시인은 "밤의 벌레 뒤를 따라가/ 풀잎 위에 등불을 달고" 평화로운 안식에 들기를 소망한다. 자신의 삶을 총체적으로 함의한 생명체로서 '풀'을 인지한 시인은 생을 마무리하는 순간에 그들과 어깨를 걸고 싶었던 것이다. 그러나 한편으로 "밤의 벌레 뒤를 따라가/ 풀잎 위에 등불을 달고" 안식에 들고 싶다는 표현이 함의하는 바는 '죽음'이 아니라 '잠'에 대한 형상화이기도 할 것이다.

판소리와 고대 시가(詩歌)의 패러디

김영석은 시집을 엮을 때마다 산문과 운문형식이 공존하는 시를 발표해왔다. 이러한 시형식을 시인 자신은 사설시라고 명명하고 있다. 지난달에는 지금까지 발표한 사설시를 한 데 모아『거울 속 모래나라』를 선보였다.

내가 15세기 조선시대의 기인 매월당의 죽음에 대한 그 파천황의 이야기를 들은 것은 어수선하고 스산하게 한 해도 다 저물어가는 1980년 12월 말일

경, 유난히도 추운 어느 날이었다. 마침 그때 나는 무슨 일로 충청도 홍산에 있는 처가에 내려갔다가 매월당이 임종하기까지 그의 말년을 의탁하고 있었다는 만수산의 무량사에 잠시 들렀었다. 거기서 한 늙은 스님과 매월당에 대한 이런저런 이야기를 하게 되었는데, 좀 황당하게 들리는 그 이야기를 스님은 이렇게 더듬더듬 말하는 것이었다. "그전부터 내려오는 이야기를 그저 주워들은 것이긴 합니다만, 그분이 생전에 보인 여러 기행들을 생각하면 미상불 그럴 듯도 해요. 죽고 난 뒤 화장을 하지 말라는 유언을 남기고 그분은 곧바로 똥통 속으로 들어갔다고 합니다. 그리고 똥통 속에 들어앉아서 무슨 노래를 부르다가 열반에 드셨다는 거지요. 더러 큰스님들이 가부좌하거나 혹은 서 있는 채로 입적하는 일이 있고 심지어는 물구나무선 채로 사대 육신을 벗기도 했다는 이야기를 들어보긴 했습니다만 그분처럼 똥통 속에 들어가서 입적한 것은 실로 고금에 없는 일이지요. 그리고 또 이상한 것은 관곽을 이 무량사 곁에 3년 동안 모셨다가 장사지낼 적에 관을 열어보니 그 얼굴이 마치 살아 있는 것과 같았다는 것입니다. 그래서 모두들 그분이 부처가 되었다고 말했다는 것이지요." 어디까지 믿어야 할지 알 수 없는 이야기이긴 하지만, 한편으로는 그것이 사실일지도 모른다는 생각이 들었다. 왜냐하면 매월당 그에게는 생전에 이미 스스로 똥통 속에 몇 번 들어갔었다는 이야기가 널리 전해지고 있기 때문이다. 그가 젊어서 삼각산 중흥사에서 글을 읽고 있을 때, 세조가 어린 단종을 제치고 왕위에 올랐다는 소식을 듣고 그는 처음으로 똥통 속에 들어가서 큰 소리로 울었다고 한다. 그리고 훗날에 그의 재주를 아까워하던 임금이 벼슬을 주기 위해 관원을 시켜 그를 모셔 오라고 했을 때, 그는 또 똥통 속에 들어가서 관원들이 아예 접근조차 하지 못하도록 했다고도 한다. 이런 이야기들로 미루어보면 그가 똥통 속에서 입적했다는 것이 전혀 사실무근한 일로만은 여겨지지 않는다. 그러나 무엇보다도 그 이야기에 설득력을 주는 것은 그가 생전에 자신의 초상화에 붙였다는 찬시다. 그 찬시에 그는 "네 모습 지극히 약하며 네 말은 분별이 없으니 마땅히 구렁 속에 빠질지어다"라고 하였던 것이다. 그런데 가만히 생각해보면, 그의 사상과 행위에 얽혀서 하나의 뜻 깊은 문맥을 이루고 있는 그 분뇨의 상징적 의미가 얼핏 생각하는 것과는 달리 어딘지 영 쉽게 풀리지 않는 구석을 지니고 있는 것이다. 부정하고 혼탁한 세속의 현실과 권세를 풍자하고 냉소하는, 그리고 엄격한 자기 책벌의 가열한 도덕적 의지를 보여준다는 차원에서만은 그 의미가 잘 이해되지 않는 구석이 있는 것이다. 특히 그의 임종시의 행위가 그렇다.

나는 그도 생전에 이 무량사의 도량에서 무연히 바라보았을 먼 하늘을 한동
안 망연히 바라보았다. 낮게 드리운 잿빛 겨울 하늘에 수염은 기른 채 머리만
깎은 그의 모습이 잠시 환영으로 보이는 듯했다. 몇 세기의 까마득한 세월을
사이에 두고 나는 그가 똥통 속에서 불렀다는 그 노래를 마치 장님이 뭐 만지
듯이 한번 희미하게 떠올려본다.

—김영석, 「마음아, 너는 거름이 되어」 일부

　김영석의 시 「마음아, 너는 거름이 되어」의 전반부는 무량사에서 매월
당 김시습의 행적에 관한 이야기를 나누면서 시작된다. 도입 부분인 제1
연은 직접화법이 삽입되기도 하면서 산문형식으로 구현되다가 제2연에
서 운문형식으로 마무리된다. 산문에서 운문으로 넘어갈 때는 "이러매
내가 노래한다."라고 표현한 작품이 대부분이지만, "대강 맞추어서 여기
에 적어본다."(「두 개의 하늘」), "신음하듯 낮게 중얼거렸다."(「독백」) 등
으로도 형상화하는데, 이 작품은 "희미하게 떠올려본다."라고 표현하고
있다.
　이와 같은 형식들은 『삼국유사』에서 일연이 향가의 배경설화나 사건
의 내막을 이야기한 후 "이에 찬한다讚曰" 혹은 "이에 사詞를 지어 경계
한다"라고 하면서 향가 또는 게偈, 사詞를 도입한 것과 동일한 맥락을 지
닌다. 「황조가」나 「공무도하가」, 「구지가」 등의 고대 시가詩歌 역시 배
경설화와 함께 전승되어 온 것을 우리는 익히 알고 있다. 이러한 사실은
문학 장르가 세분화되기 전 운문과 산문이 공존했다는 것을 논증해주는
사례라고 하겠다.
　판소리 형식 또한 '아니리'와 '창'이 공존한다. 공연할 때 창자는 음률
이나 장단이 실리지 않은 일상적 어조의 말로 '아니리'를 읊다가 '창(소
리)' 부분에 오면 가락을 얹어 구현한다. 이러한 사례들로 보아 김영석의
사설시에서 판소리를 유추하게 되는 것은 당연하다고 하겠다. 사설시의

산문 부분은 판소리 사설에 해당하며, 운문 부분은 창에 해당한다. 김영석은 고대 시가와 『삼국유사』, 판소리 형식을 현대시의 표현 기법으로 차용해온 것이다.

이 작품의 산문 부분은 매월당이 똥통에서 임종을 맞이했다는 사실에 대해 의문을 제기한다. 큰스님들이 가부좌하거나 물구나무선 채로 임종했다는 소리는 들어봤으나 분뇨통에서 열반했다는 소리는 들어본 적이 없기 때문이다. 시인은 분뇨가 함의하는 의미를 운문형식으로 노래하듯이 풀어낸다.

너희들이 내어버린 세상을
내가 가지마
너무 커서 손아귀로 움켜잡지 못한 것들
너무 작아 육신의 눈으로는
볼 수 없었던 것들
이제는 바람 재워 내가 기르마

세상의 크고 작은 모든 책들과
한 줌 내 머리칼을
캄캄한 무쇠 속에 불 지르고
나는 창자를 비워버렸다
너희들이 그토록 즐기는 고기와 떡을
이제 마음은
입이 없어 먹지 못한다

이제 나는
너희들이 더럽게 내어버린 오물을
다툼 없이 홀로 차지한다
오물의 감추인 뼈와 씨앗을
그 맑은 하늘과 흰 구름을
대지의 더운 입김으로 껴안는다

마음아, 무량한 마음아
너는 언제나
이 세상의 가장 더러운 거름이 되어
늘 푸른 만민의 허공으로 눈 떠 있어라.

운문 부분을 숙지해보면 매월당이 분뇨통에서 임종한 의미를 파악할 수 있다. 하지만 운문 부분이 형상화하고 있는 매월당의 행위와 사상은 시인 자신의 사상과 철학을 피력한 것이라고 할 수 있다.

이처럼 김영석의 사설시는 철학적인 문제나 양심적인 문제, 삶에 대한 문제를 산문형식으로 제기한 후 운문형식으로 풀어내는 형식을 취하고 있다. 따라서 산문 부분에는 시인의 주관이 개입하지 않으면서 다양한 의견이 수렴된다. 그런 다음 그들을 종합하고 판단하여 운문형식으로 압축하는 것이다. 따라서 운문 부분은 사설시의 핵심 주제임과 동시에 결론에 해당한다고 하겠다.

신자유주의에 대한 고발

현대의 시장 원리를 구성하고 조율하는 것은 신자유주의라고 할 수 있다. 신자유주의 체제하의 사람들은 국가를 초월하여 자본을 투자하고, 값싼 인력을 찾아 상품 제조 공장을 건설한다. 이러한 현상을 시인의 안테나가 놓칠 리 없다. 하종오는 시집 『제국』을 통해 신자유주의 체제하에서 야기되는 현상들을 고발하고 분석한다. 여기서 '제국'은 경제적으로 세계를 지배하는 미국을 지칭한다.

대주주인 미국 모회사(母會社)가
한국인 노동자들 농성하고 있는

자회사(子會社) 전자제품 조립공장 폐쇄하고
중국에 이전한다는 보도 나오자
비로소 주가가 올라가기 시작했고, 폭설이 내렸다
먼 친척들이 그 공장에 근무하여서
안심하고 주식 샀다가 돈 날릴 뻔한
한국인 개미투자자들은 가슴 쓸어내렸고
생산라인 멈추고 제품 만들지 않으면
임금 인상 요구조건 들어주리라 기대했던
한국인 노동자들은 가슴 무너졌고, 폭설이 내렸다
농성하고 있는 한국인 노동자들 중에서
자사주(自社株) 가진 소액주주들은
대주주인 미국 모회사가
자회사 전자제품 조립공장 폐쇄한다는데도
주가가 마침내 상한가로 올라가서
개인 자산이 증가하니 어리둥절했고, 폭설이 내렸다

—하종오, 「제국(諸國 또는 帝國)의 공장—소액주주들」 전문

인용한 작품에는 세계를 무대로 활동하는 미국의 한 기업이 등장한다. 한국에 세운 자회사子會社의 노동자들이 임금 인상을 요구하자 값싼 인력을 찾아 중국으로 이전을 계획하면서 회사의 주가가 오른다. 그때, 요구 조건을 들어주리라고 믿었던 한국 노동자들의 가슴에는 소리 없는 폭설이 내린다. 그러나 아이러니하게도 자회사自會社의 주식을 지녔던 소액주주들은 실직과 관련 없이 개인 자산이 증가하는 횡재를 경험한다.

이 작품의 형식적인 측면을 살펴보면, "폭설이 내렸다"라는 후렴구가 세 군데 등장한다. 주가가 올라간 상황을 폭설이 내렸다라고 표현하고 있으며, 실직한 노동자들의 당황스러운 상황을 폭설이 내렸다라고 표현한다. 또한 실직했는데도 불구하고 자산이 증가한 소액주주들 역시 폭설을 맞는다. 따라서 "폭설이 내렸다"라는 표현은 감정의 상승 또는 하

강을 적절하면서도 재치 있게 형상화한 시적 장치라고 할 수 있다.

하종오는 「제국(諸國 또는 帝國)의 공장－갠지스 강」에서도 "중국에서 철수하여 인도에 세운/ 어패럴공장에 근무하는/ 그는 토요일 오후에는/ 갠지스 강가로 나가서/ 도무지 알 수 없는 인생을 생각한다"라고 형상화하고 있다. 가치가 빠르게 전도되고, 물질이 한 곳에 머무르지 않는 신자유주의 경제체제하에서 작고 나약한 존재로서의 인간이 확인되는 대목이다.

나가면서

천 개의 고원을 인지하고 선언한 해체주의는 차이와 다양성을 인정하고 공존시키는 데 이바지한 바가 크다. 일원론적인 사고체계를 해체함으로써 각각의 음색이 제 소리를 자랑하기에 적절한 토양이 마련된 것이다. 때맞추어 우리 시단에도 다양한 작품이 공존하는 현상이 목격되고 있다.

지난 겨울에 시집을 상재한 정호승과 김영석, 하종오의 시적 지향은 몹시 변별적으로써 각각의 덩이줄기로 존재하고 있었다. 이들의 자유롭고도 활동적인 공존은 지고의 고원에서 삼중주를 열어 보인 것과 다름없다고 하겠다. 차이와 다양성을 추구하는 현실의 문단에서 이러한 현상은 매우 긍정적으로 받아들여야 할 것이다. 이것은 한국 현대시의 역동적인 발전을 기대해볼 만한 근거가 되기 때문이다.

—『불교문예』, 2011년 여름호

세 그루 나무의 소통 형식

◆

유안진,『둥근 세모꼴』/ 이재무,『경쾌한 유랑』
/ 강현국,『달은 새벽 두 시의 감나무를 데리고』

들어가면서

잦은 집중호우를 쏟아 붓던 하늘도 시인들의 창작 활동은 제어할 수 없었던 듯 지난 여름은 중진 시인들의 작품집이 풍성하게 수확된 계절이었다. 그 중에서도 유안진의『둥근 세모꼴』과 이재무의『경쾌한 유랑』, 강현국의『달은 새벽 두 시의 감나무를 데리고』는 주목할 만한 시집이었다. 이들은 김정희의 「세한도」에 등장하는 세 그루의 잣나무와 비견된다고 하겠다. 추사를 건사한 세 제자가 있었듯이, 세 시인은 현대시의 봉우리를 지켜내고자 노력한 시단의 잣나무라고 할 수 있다.

극(極)서정의 시: 유안진의『둥근 세모꼴』

유안진의『둥근 세모꼴』은 '서정시학'의 극서정시 시리즈에 포함된

시집이다. 따라서 이번 시집은 짧은 형식의 작품들이 대부분을 차지한
다. 최동호는『유심』(2010년 11 · 12월호)에서 디지털 시대, 트위터 시
대에 성행하는 난삽하고 장황한 소통 부재의 시를 극복하는 대안으로
극서정시極抒情詩를 주창한바 있다. 황동규 역시 동음이의同音異意를 지
닌 '극劇서정시'를 내세웠는바, 황동규의 극서정시는 이야기가 내재된
시를 의미하는 것이었다. 이에 반해 최동호가 주장하는 극서정시는 소
통 가능하면서도 극도로 정제된 단형의 서정시를 지칭한다.

　유안진이 구현하는 단형의 작품들은 극명한 명제를 함의하기도 하고,
퀴즈를 풀어야 할 것만 같은 의무감을 부여하면서 극서정시의 전범을
보여주고 있다.

　　① 만인에게 나눠줄 떡이 될 몸이라서
　　　지명(地名)이 떡집인 곳은 베들레헴뿐이라서.

　　　　　　-유안진,「그 아기씨는 왜 거기까지 가서 태어났을까?」전문

　　② 시인 김삿갓에게는 썩은 고지바가지에 탁배기가
　　　시인 김병연(金炳淵) 씨에게는 이 빠진 막사발에 막걸리가
　　　시인 난고(蘭皐) 선생께는 금이 간 사기잔에 약주가
　　　어울릴 것 같아

　　　　　　　　　　　　　　　　-유안진,「말궁합」전문

　　③ 한밤중에 일어나앉다
　　　귀가 자꾸
　　　길어진다
　　　깊어진다
　　　언 땅속 지렁이 울음 뒤에

장님 예언자 테이레시아스의 발자국소리 들려올 듯
지옥(地獄) 소식 겁나
번쩍 눈뜬다.

—유안진, 「밤에 크는 귀」 전문

④ 서울 천리를 와서 가랑잎 하나 줍다

—유안진, 「서울살이」 전문

작품 ①에 등장하는 베들레헴은 히브리어로 '빵집'을 의미하며, 공간적인 의미는 예수가 탄생한 곳이라는 데 있다. 유안진은 예수가 왜 하필이면 베들레헴에서 태어났을까를 생각하다가 인용시에서와 같은 결론을 얻고 있다. 서양에서의 '빵'은 우리 문화권의 '떡'과 동등한 의미를 지니는 음식이다. 예수는 십자가에 못 박히기 전 최후의 만찬에서 떡과 포도주를 제자들에게 나눠주며 떡은 자신의 살이요, 포도주는 자신의 피라고 선언하였다. 이후 기독교에서 떡은 '성체'요, 포도주는 '성혈'로서 상징되어왔다. 이 부분에서 인류에게 떡이요, 포도주로서 몸을 내어준 예수가 베들레헴에서 태어난 이유를 인지할 수 있게 된다.

이 작품은 예수가 왜 베들레헴에서 태어났는가를 구체적으로 언급하지 않은 채 "만인에게 나눠줄 떡이 될 몸이라서/ 지명(地名)이 떡집인 곳은 베들레헴뿐이라서."라고 함축함으로써 극서정시의 전범을 보여준다. 최동호에 의하면 극서정시는 "현실이 휘발된 상황에서 소통을 지향하는 디지털적 집약의 시"이며, "여백과 서정이 극소의 언어 끝에 있다"(『얼음 얼굴』의 머리말)라고 정의된다. 따라서 극소의 언어로써 극서정을 형상화한 이 시는 '극서정시'가 지향하는 바를 충족시키는 작품이라고 하겠다.

119 제2부 영원한 술래의 빛

작품 ②는 시인을 형상화함에 있어서 그의 본명인 '김병연'과 호號인 '난고蘭皐', 일반적으로 일컬어지는 '김삿갓'으로 병렬해놓고, 각각의 이름과 호와 별칭에 어울리는 술잔과 술을 상정하고 있다. 즉 "김삿갓에게는 썩은 고지바가지에 탁배기가" 어울릴 것 같고, "김병연(金炳淵) 씨에게는 이 빠진 막사발에 막걸리가" 어울릴 것 같으며, "난고(蘭皐) 선생께는 금이 간 사기잔에 약주가" 어울릴 것 같다는 것이다. 작품의 제목이 「말궁합」인 만큼 한 사람의 지칭에 어울리는 술의 종류를 다르게 형상화한 이 시는 맛깔스러우면서도 강한 해학을 내재한다.

작품 ③의 시적 화자는 한밤중에 일어나 우주 현상에 귀를 기울이고 있다. 시인의 귀가 길어지고 깊어진다는 형상화는 잠재의식의 세계, 영혼의 세계를 여행하고 있다는 것을 암시하는 구절이다. 밤이라는 특수한 상황이 잠재의식을 활성화시켜 영혼의 눈으로 불가시의 세계를 포착할 수 있도록 만든 것이다. 시인의 상상력은 아름다운 꽃을 꺾다가 지하의 신 하데스에게 납치된 페르세포네에게 닿아 있음이 분명하다. 그녀와 자신을 동일시하여 더 이상의 지옥 소식을 듣다가는 하데스의 여인이 될 것만 같아 두려워하고 있다. 시인은 특정한 상황에서 잠재의식, 무의식 세계로의 영혼여행이 가능한 사람이다. 그러한 측면에서 이 작품은 지하세계의 여행담을 형상화한 것으로 이해할 수 있겠다.

작품 ④는 극도로 정제된 단형의 서정시로서 명징하면서도 깊은 의미가 함의되어 있다. 유안진은 경북 안동 출생으로 청운의 꿈을 안고 서울 천 리 길을 올라왔다. 많은 여성들이 교육의 기회를 얻지 못하던 시절 서울까지 유학을 온다는 것은 희귀하고도 대단한 일일 수밖에 없다. 그런 만큼 시인은 당찬 꿈을 안고 상경했을 것이다. 그러나 기대를 채우기엔 너무나도 나약한 '가랑잎 한 장'만을 주웠을 뿐이다. 가랑잎은 활기차게 생명활동을 전개하는 현재 진행형이 아니라 생명이 소진된 '미미한 존재'를 환기한다. 따라서 이 '가랑잎 한 장'에는 실망과 허전함이 내재한다.

하지만 시는 정직하게 이해되기를 거부하는 악동이다. 다시 말해 '가랑잎 한 장'은 역설적으로 시인이 이룬 소중한 꿈을 형상화할 수도 있다는 의미이다. 시인은 자신이 이룬 꿈을 가벼운 가랑잎으로 형상화하면서 꿈에 대한 겸손한 수용자임을 자처한 것이다. 이와 같은 반어법이 시에서 유효적절하게 기능하는 것을 우리는 익히 보아온 터이다.

소통하는 집: 이재무의 『경쾌한 유랑』

이재무는 공들여 지은 이번 시집에 많은 사람들이 방문해주길 바라면서 시집의 택호를 『경쾌한 유랑』으로 상정하였다. '유랑'은 고립적이지 않은 소통의 의미를 함의한다. 그렇다면 시인은 시를 통하여 경쾌한 소통을 원했다고 할 수 있다. 여기서 소통은 안과 밖의 소통일 수도 있고, 과거와 현재, 인간과 인간의 소통 등 다양한 측면에서 이해할 수 있다.

이사 온 아파트 베란다 앞 수령 50년 오동나무

저 굵은 줄기와 가지 속에는 얼마나 많은,

구성진 가락과 음표 들 살고 있을까

과묵한 얼굴을 하고 골똘히 생각에 잠겨 있는 그를

마주 대하고 있으면 들끓는 소음의 부유물 조용히 가라앉는다

기골이 장대한 데다 과묵한 그에게서 그러나 나는 참 많은 이야기를 듣는다

그는 나도 모르는 전생과 후생에 대하여 말하기도 하는데

구업 짓지 말라는 것과 떠나온 것들에 연연해하지 말 것과

인과에는 반드시 응보가 따른다는 것을

웅알웅알 저만 알아듣는 소리로 조근거리며

솥뚜껑처럼 굵은 이파리들 아래로 무겁게 떨어뜨린다

동갑내기인 그가 나는 왜 까닭 없이 어렵고 두려운가

—이재무, 「말 없는 나무의 말」 일부

이재무의 시 「말 없는 나무의 말」은 아파트 베란다 앞에 서 있는 수령 50년 된 오동나무와 소통하는 형식을 취하고 있다. 오동나무와 동갑내기인 시인은 과묵한 그에게서 "들끓는 소음의 부유물"들을 가라앉히는 법을 배운다. 기골이 장대하고 과묵한 오동나무는 시인에게 많은 이야기를 해주는데, 시인의 전생과 후생에 대해 말하는가 하면 구업 짓지 말라는 것과 떠나온 것들에 대해 연연해하지 말라고 일러준다. 또한 인과에는 반드시 응보가 따르는 법이라고 작은 소리로 말해주기도 한다. 그런데 시인은 동갑내기인 그가 어렵고 두렵기만 하다.

시인이 오동나무를 두려움의 대상으로 여기게 된 것은 높은 정신의 향유자가 자신의 어리석음을 꿰뚫어보고 있다는 생각에서이다. 한편으로는 자연에 대한 경외심과 오동나무에게도 정신이 깃들어 있다고 생각하는 생명사상을 지니고 있기 때문일 것이다. 그래서 오동나무 앞에 설 때마다 자신을 가다듬으며 성찰하는 것이다. 시인의 이러한 의식에는 삶을 깊이 성찰하고자 하는 태도가 내재하고 있다. 그와 같은 의도를 실현시키기 위해 대화의 상대로서 오동나무를 상정한 것이다.

이 시는 폐쇄적이지 않으면서 성기고 맑은 숨구멍으로 들숨과 날숨이

드나드는 체험을 하도록 해준다. 대화의 상대가 비록 동류의 생명체는
아니지만 그들은 다양한 측면으로 소통을 시도한다. 시가 '말의 집'이라
고 할 때, 말의 집답게 만들어준 상대가 오동나무인 것이다. 그렇다면 오
동나무는 많은 사람들이 시의 집에 들어오기를 소망한 바를 성취시켜준
일차적인 방문객이라고 하겠다.

    두 마리 서로 다른
    짐승과 동물이 산다
    그러나 이들이 사이좋게
    이웃하며 산 적은 없다
    순종이 안에서 한가롭게 어슬렁대면
    야만은 밖에서 갈 데 없이 배회를 하고
    광기가 저 홀로 미쳐 날뛰면
    복종은 천애 고아가 되어 눈치만 본다
    개와 늑대
    이 오랜 유전의 숙명을 어쩔 수 없다
    사랑의 손길에 길들여진
    순한 귀와 탐스런 꼬리
    분노의 발길질에도 순응을 모르는
    성난 이빨과 이글거리는 눈
    내 낡은 집 속에는
    도무지 양보를 모른 채 으르렁대는
    두 마리 서로 다른
    인내와 충동이 산다

—이재무, 「내 몸속에는」 전문

    인간의 내면에는 자신도 모르게 잠재되어 있는 또 하나의 '나'가 존재
한다. 시 「내 몸속에는」에서 이재무는 자신의 두 모습을 '동물'과 '짐승'
으로 상정하고 있다. 여기서 동물은 '개'로 환기되며, 짐승은 '늑대'로 환

123　제2부　영원한 술래의 빛

기된다. 이 둘은 비슷하게 보이지만 개는 어느 정도 사회성을 지니면서 인간에게 순종적인가 하면, 늑대는 본능에 충실하며 야만적인 공격성을 지닌 동물로 인지된다. 이 둘은 내 안에 공존하지만 늘 대립하며 갈등을 유발한다.

사회생활을 하는 우리는 시간과 장소에 어울리는 가면을 쓰고 살아간다. 가면을 쓰는 것을 자칫 부정적으로 생각하기 쉬우나 반드시 그렇지만은 않다. 적당한 가면을 쓴다는 것은 그 시간과 장소에 어울리는 교양 혹은 예절을 갖추는 일이 되기도 하기 때문이다. 어찌 생각하면 교육이나 학습이라는 것은 본성을 억누르는 일, 즉 늑대를 개로 길들이는 일이기도 한 것이다.

예술가들은 대부분 자율의지가 강하다. 바꾸어 말하면 길들여지기를 거부하는 성향을 지니고 있다는 것이다. 길들여지지 않은 광기가 판판한 언어막에 파문을 일으킬 때 낯설음을 유발하면서 긴장감을 불러오는 것이다. 이 부분에서 '시인과 미치광이의 유사점'에 대해 논의한 전봉건을 떠올려보지 않을 수 없다. 일상인들은 1+1=2라는 현실적 · 논리적인 세계에서 삶을 영위하지만, 시인과 미치광이는 1+1=0이라는 엉터리의 세계에 대하여 말한다는 것이다. 이들은 다 같이 광기의 세계를 지향하지만 시인은 자신의 광기를 의식하는 반면, 광인은 자신의 광기를 의식하지 못한다는 차이점이 있을 뿐이다. 전봉건이 말한 시인의 광기를 다른 말로 풀이하면 길들여지지 않은 본능 혹은 가면을 쓰지 않은 본성으로 확대 해석할 수 있겠다. 그것은 또한 이재무가 형상화하고 있는 이빨을 드러낸 야만적인 늑대로 환기할 수도 있다.

사회문화와 타협할 것인가, 사납게 물어뜯어버릴 것인가. 이와 같은 갈등은 이재무뿐만 아니라 현실을 살아가는 우리 모두의 고민이다. 권력사회에서 타자일 수밖에 없는 시인은 이 갈등의 골이 누구보다도 깊을 것으로 이해한다. 이와 같은 배경이 인용시와 같은 작품을 탄생시킨

것이다. 이 작품 역시 강한 소통의식을 지니는데 동물이나 짐승 중 하나
를 택하여 몰입하지 않고, 둘 사이를 조화롭게 인식하려는 노력이 그러
하다고 하겠다. 그러나 무엇보다도 인간의 보편적인 고민을 미적으로
형상화함으로써 삶의 이치를 타진하고자 했다는 점에 작품의 가치를 두
어야 할 것이다.

세한도 읽어내기:
강현국의 『달은 새벽 두 시의 감나무를 데리고』

강현국의 『달은 새벽 두 시의 감나무를 데리고』에 상재된 작품들은
각각의 제목에 '세한도 1·2·3······'이라는 부제가 붙어 있다. 따라서
이번 시집은 '세한도' 연작 시편들로 구성된 연작시집이라고 봐야 할 것
이다. 그러면 왜 그는 시편마다 '세한도'라는 부제를 붙이게 되었을까.
세한도는 추사 김정희가 제주도로 유배되었을 당시 위험을 무릅쓰고 베
이징에서 귀한 책을 구해다 준 제자 '이상적'에게 선물한 그림으로 알려
져 있다. 오가는 사람 없이 잊혀져갈 귀향살이 중에 김정희의 눈과 귀를
열어준 사람은 '이상적'뿐이었다. 그에 대한 보은으로 그린 그림은 한여
름에 그렸는데도 한겨울의 정경을 담고 있다.

'세한도'라는 제목은 공자 자한 27장에 나오는 "세한연후歲寒然後에 지
송백지후조야知松柏之後凋也" 즉, "날씨가 추워진 뒤에야 소나무와 잣나
무가 뒤늦게 시듦을 알 수 있는 법이다"라는 문구에서 발췌한 말이다.
이는 권세만 좇는 현실을 비판했다기보다는 추사 자신의 인격에 대한
양보할 수 없는 자존심이었는지도 모른다.

세한도를 구체적으로 살펴보면 늙고 초라한 소나무 한 그루와 잣나무
로 추정되는 세 그루의 나무 사이에 오막살이 한 채가 놓여 있다. 소나무

는 추사 자신을 상징하며, 세 그루의 잣나무는 제자들을 상징한 것으로 해석되고 있다. 세한도가 지니는 의미의 틀에서 강현국의 시를 이해하면 크게 벗어나지 않으리라는 판단이다.

> 아무도 없는 산마루는
> 아무도 없어 기막힌 산마루였습니다
>
> 캄캄하게 꽃이 진다 엽서를 쓰려다 말았습니다
>
> 봉평에서 대화까지 소금을 뿌린 듯
> 시냇물 끄트머리가 환한 달빛에 따끔거렸습니다
>
> 아무도 없는, 없는 것의 무게로 숨 막히는 아파트로 선생은 총총 사라지셨다. 우리 시대의 큰 시인 大餘 김춘수 선생, 그는 내일 아침 일곱 시면 십 문 반 크기의 갈색 랜드로버를 신고 저 문을 나와 산보 길에 나설 것이었다. 이승의 둑길에서 저승의 천사를 만나고 돌아올 것이었다. "우두커니, 하루 종일, 혼자……이건 고문이야" 하시던 말씀이 목에 걸렸다. 눈물이 났다.
>
> ―강현국, 「캄캄하게 꽃 진 자리―세한도 · 5」 전문

제3연에 제시된 시적 배경으로 보아 시인은 봉평에 가 있는 듯하다. 제1연의 아무도 없어서 기막힌 산마루는 김춘수 시인이 타계한 후 주인이 없는 '시의 봉우리'로 받아들일 수 있다. 큰시인을 잃은 상실감은 "캄캄하게 꽃이 진다"고 "엽서를 쓰려다" 말 수밖에 없는 상황을 만들어내고, 달빛에 반짝이는 아름다운 시냇물조차 따끔거리는 아픔으로 수용될 뿐이다. 제4연에서는 김춘수의 생전의 행적이 추억되는데, ""우두커니, 하루 종일, 혼자……이건 고문이야" 하시던 말씀이 목에 걸렸다"라고 한 부분에서 시인의 안타까운 심경이 밀도 있게 형상화된다.

김춘수는 한국의 전후戰後를 대표하는 시인으로서 새로운 시에 대한

끊임없는 탐색으로 '무의미시'를 주창한 후 창작에 진력하다 82세에 타계한 시인이다. 대여 김춘수의 외로움에서 시인은 추사의 외로움을 유추해낸 듯하다. 말년의 김춘수는 고독한 섬에 유배된 추사와 다름없었던 것이다. "우두커니, 하루 종일, 혼자" 시간을 보내야 하는 노시인에게 그 시간들은 고문에 버금갔으리라. 추사에게는 '이상적'이라는 제자가 있었지만, 강현국은 큰시인의 외로움 덜어주는 데 아무런 구실을 해주지 못한 것이다. 그러한 자책감이 '캄캄하게 꽃 진 자리'를 형상화해낸 바, '캄캄하게 꽃 진 자리'는 '아무도 없어 기막힌 산마루'와 대응되는 구절이기도 하다.

> 더러워서! 먹었던 마늘을 죄다 토해놓고 도로 곰이 된 그대가 그대의 육신을 뜯어먹는 칠흑의 갈피들이 하 투명할 때, 진주라 천리 길이 훤히 보일 때
>
> 망자를 새들에게 보내는 그 순간은 참혹하고 황량하며 쓸쓸하기도 합니다. 하지만 어느 죽음인들 쓸쓸하지 않을 수 있겠습니까. 죽음을 두려워하지 않는 사람들이. 티벳인에게 있어 산다는 것은 그 자체가 순례이며, 머물지 않는 바람과도 같습니다. 그래서 그들이 사는 현재의 시간은 영원으로 통하는 시간이며, 바람에게로, 새에게로 뿌려지는 天葬은 바로 영혼이 영원의 시간으로 돌아가는 하나의 문이 됩니다.(박하선)

─강현국,「K시인에게─세한도 · 17」 전문

김정희가 세한도에서 말하고자 하는 '날씨가 추워진 뒤에야 소나무와 잣나무가 뒤늦게 시듦을 알 수 있는 법이다'를 바꾸어 표현하면, '물질과 권력에 지배당하는 현생이 전부가 아니라 영생하는 삶이 있느니라'라고 환유할 수 있겠다. 그것은 청청하게 영원을 누리는 소나무의 존재에 대한 형상화이기도 하다.

강현국은 티베트 사람들이 행하는 조장鳥葬, 즉 천장天葬 의례를 인상

깊게 본 듯하다. 천장을 형상화하고 있는 이 시에서 주목해야 할 부분은 제1연인데, "더러워서! 먹었던 마늘을 죄다 토해놓고 도로 곰이 된 그대가 그대의 육신을 뜯어먹는 칠흑의 갈피들이 하 투명할 때, 진주라 천리 길이 훤히 보일 때"라는 표현은 조장이 진행되는 순간이다.

단군신화에서 웅녀는 백일 동안 쑥과 마늘만 먹고 사람이 되었다. 그렇게 고생하여 사람이 되었는데 왜 먹었던 마늘을 죄다 토해놓으면서 "더러워서!"라고 했을까. 그렇게 말한 인간은 죽음과 동시에 다시 곰이 된다. 이러한 정황으로 볼 때 '더러워서'는 인간으로서의 삶을 미련 없이 반납한다는 의미로 받아들일 수 있다. 죽는다는 것은 마늘을 뱉어냄으로써 다시 곰이 되는 일이며, 새들에게 몸을 내어주는 순간은 영생을 얻는 순간이 되는 것이다. 따라서 새들에게 몸을 내어주는 순간이 "그대의 육신을 뜯어먹는 칠흑의 갈피들이 하 투명할 때"이며, "진주라 천리 길이 훤히" 보이는 순간이기도 하다.

강현국은 인간으로서의 삶에 높은 가치와 의미를 부여하지 않았다. 그것이 망자의 몸을 새들에게 내어주는 순간을 가장 맑고 투명한 시간으로 상정한 이유이기도 하다. 현생을 삶의 전부로 인식하지 않고, 죽음을 영원한 삶의 또 다른 시작으로 인식한다는 측면에서 이 작품 역시 '세한도'가 추구하는 세계와 동궤에 놓을 수 있을 것이다.

나가면서

박목월 시인의 추천으로 문단에 나온 이래 시단의 중심을 지켜온 유안진 시인의 작품을 보며 끝없이 노력하는 시인의 모습을 목격할 수 있었다. 후배 시인들이 죽순처럼 치오르는 현실에서 자신의 영토를 구축하고 상생할 수 있었던 것은 뼈를 깎는 노력 없이는 가능하지 않았으리

라. 시를 사랑하고 삶을 사랑하지 않았다면 부재했을 시인의 성채가 눈부실 뿐이다.

　자유로운 내면을 지닌 이재무 시인의 작품은 리드미컬하고 감칠맛이 있었다. 세계와 다양하게 소통하며 엮어가는 작품들은 밑이 훤히 들여다보이는 냇물을 마주한 듯 맑은 소리를 내고 있었다. 맛있는 밥상을 차려놓고 같이 먹자고 조르는 듯하기도 하고, 반찬의 맛을 일일이 음미해주지 않으면 안 될 것 같은 책임감을 안겨주는 시집이었다.

　한편, 강현국 시인이 열어가는 시세계는 몹시 깐깐하다고 할 수 있다. 정의롭지 않다거나 사람답지 않다거나 지혜로운 것이 아니면 타협할 수 없다는 고집이 단단하게 내재한다. 한 편의 시가 그 시인을 대변한다고 할 때, 강현국은 삶 역시도 고집스럽게 개진해가는 사람이 아닐까 한다. 여기서 고집은 물론 신념을 지키려는 노력 같은 것이라고 하겠다.

—『시와정신』, 2011년 가을호

가을특별시의 협연

◆

시상문학동인지『가을특별시』

들어가면서

'시상문학회'는 대전·충남을 거점으로 여덟 명의 여성들이 활동하고 있는 시문학동인회이다. 1992년에 윤월로 외 여섯 명이 창립하였으며, 현재의 동인은 박미용·송영숙·이순옥·이현옥·윤월로·이찬슬·전현숙·황희순이다. 이들 대부분은 창립동인으로서 오랫동안 동인회를 지켜온 사람들이다.

시를 오래 써왔다고 해서 반드시 좋은 시를 쓸 수는 없다. 좋은 시는 긴 시력과 함께 시적 사고를 놓지 않는 자에게만 주어지는 선물일 것이다. 중·장년의 여성들로서 삶의 문제도 만만치 않은데 창작에 전력하는 모습이 대단해 보인다. 시인이란 이름이 흔치 않았던 1980년대, 이들은 대전 문단을 대표하는 여성 시인들이었다. 지금은 연륜만큼이나 무르익은 세계관으로 조용한 삶을 수놓는 중이지만 결코 시에 대한 열정만큼은 식지 않고 있다.

시나 그림, 모든 예술은 언제나 과정일 뿐 완성은 없다. 이들의 작품도 한계를 지닐 수밖에 없겠지만 일곱 시인의 작품을 발췌하여 조명해보기로 하겠다. 이러한 의도는 같은 봉우리를 바라보며 동시대를 살아가는 이들에 대한 애정의 표현이라고 할 수 있다.

어머니의 성(性)─이현옥

이현옥은 매사에 긍정적이다. 때문에 '힘들다'는 말은 그에게서 찾아볼 수 없다. 그리하여 남에게 일어나는 어려운 일도 끝내는 좋은 일로 전환시키고 마는 힘이 있다. 그 넓은 포용력의 근원은 무엇일까? 팔남매의 맏며느리 역할을 오래 해온 때문일까? 아니면 가난했던 어린 시절 배움까지 양보하며 형제자매를 배려해온 까닭일까. 때로는 단호하게 쳐내지 못하는 잔가지로 인하여 날카로운 시정신을 지니지 못했다고 지적당하기도 했다. 그러나 이현옥의 다음 시를 보면 그러한 선입견을 버릴 수 있을 것이다.

전봉건에 의하면, 모든 시적 창조는 정신병의 메커니즘을 따른다고 한다. 시인과 광인의 공통점은 정신병적인 상상의 차원을 명시하는 데 있지만, 시인은 자신의 행위를 인식하는 데 반해, 광인은 자신의 행위에 대해 인식하지 못한다는 것이다. 이처럼 광인과 비슷한 행위를 보이는 것이 시인이라고 할 때, 긍정적 · 보편적 사고를 지닌 시인은 좋은 시를 쓰기 어렵다는 해석이 될 것이다.

 육남매 낳은 엄마의 쪼글거리는
 꽃 진 입구는 엄마 위처럼
 바람 빠진 분화구

엄마 생명이 조금씩 소진될 때마다
무심하게 꽃피고 열매 맺던 엄마 자궁도
아무렇지도 않게 문을 닫고
하늘 갈 준비를 하고 있었다.

엄마는 존 것도 모르고
우리만 낳았단 말여?

슬프게 울었다
아무 쓸데없는 자식 낳느라
피 쏟고
말라버려 방치된
엄마가 여자라는 것 기억조차 못하는 샘 하나

—이현옥, 「엄마, 하고 부르면 생각나는 것」 일부

여성의 성기는 두 가지 구실을 한다. 하나는 자식을 잉태하고 출산하는 도구로서의 구실이요, 또 하나는 인간관계를 맺는 대화의 창구로서의 역할이다. 여성이 출산할 수 있는 나이는 보통 사십대 전으로, 그 후의 성교는 인간관계로서의 역할에 한정된다고 할 수 있다. 인간은 짐승과 달라서 후자의 기능을 중요시하며 살아간다. 그러나 인용시의 어머니는 전자의 역할에 충실했을 뿐, 후자의 기능은 포기한 여성이다. 생명이 소진되는 엄마의 자궁은 "엄마가 여자라는 것 기억조차 못하는" 하나의 샘에 불과할 뿐이다. 자식만 내리 낳다가 샘물이 고갈되자 방치되어버린 샘. 시인은 엄마의 밤이 원망스럽고 딱하기만 하다.

이러한 시는 여성이 아니면 쓸 수 없다. 여성 중에서도 나이 든 여성이 아니면 쓸 수 없다. 여성이 여성으로서의 어머니를 탐색하는 일은 자신을 철저히 인식해가는 과정이라고 할 수 있다. 이현옥은 어머니의 질이 쾌락보다는 생식을 위해 존재했다는 사실을 인식하면서 여성으로서 어머니를 연민하고 있다.

진지한 삶의 탐구—윤월로

윤월로 시인은 시상문학동인회의 맏언니이다. 또한 회장으로서 개성이 강한 동인들의 울타리 역할을 해낸 시인이기도 하다. 오랫동안 시작 활동을 해온 시인은 시작의 장년기에 꽃이나 식물에 많은 관심을 표명한다. 얼마 전에는 꽃과 식물의 본성을 탐구하여 삶의 해답을 얻고자 한 시집 『꽃이라는 이름만으로도』(오늘의문학사, 2007)를 내놓더니, 그에 대한 관심이 이번 동인지에도 이어지고 있다.

푸르렀던 세월 모두 떨구어내고
나무들 제각기 생각 속으로 침잠하면
비로소 문 열리는 우리의 푸른 겨울
칼바람 온 산을 헤집고 쏘다니거나
자장가처럼 살금살금 다가와 쌓인 눈
허약한 가지 냉정하게 분지르거나
숱한 날
어둠보다 더 두터운 혹독한 고독
홀로 맞서다가
맞서다가
꽃바람 눈뜨는 봄날
서둘러 떠나는 세월 뒤로하고
미륵의 얼굴로
돌아서는 길

—윤월로, 「동백」 전문

인용시는 동백의 본질을 탐구함으로써 비유적으로 인간 삶의 지혜를 얻고자 한다. 혹독한 추위와 고독을 이기고 봄날을 맞이하는 동백의 생리에서 시인은 "미륵의 얼굴"을 환기한 것이다. 불교의 경전에 의하면, 미륵은 도솔천에 살고 있으며, 56억 7천만년이 지나면 성불하여 세상에 내려와 중생을 제도한다는 보살이다. 그러나 특정한 종교를 떠나 '미륵'은 보편적으로 민중이 기다리는 '구원자'로서 상징된다. 민중의 구원자로서의 '미륵의 얼굴'은 어떠한 모습일까. 시인은 인고를 견디어내는 동백의 형상에 미륵의 얼굴을 비유함으로써 바람직한 '자화상'을 제시했다고 할 수 있다.

윤월로 시인은 독실한 기독교인이다. 그럼에도 불구하고 불가에서 명명되는 '미륵의 얼굴'을 시작품에 형상화함으로써 종교를 뛰어넘는 미학을 추구한 것이다. 학문이나 종교, 예술이 추구하는 궁극의 진리는 하나로 수렴된다. 진리의 바다에 이르기 위해서 서로 다른 산맥을 달리고 있을 뿐이다.

철학자의 사유―전현숙

전현숙을 처음 대하는 사람은 그의 당찬 이미지 때문에 가까이하기 어렵다고 생각할 것이다. 그러나 그것은 곧 선입견이었음을 깨닫게 된다. 그는 누구보다도 따뜻한 휴머니스트이며 문제의 근원을 분석하고 종합하여 합리적인 길을 제시해주는 '상담자'의 면모까지 지니고 있다. 삶의 문제를 냉철하게 분석하여 문제의 실마리를 풀어나가는 모습은 과학자를 연상시키기도 한다. 그의 철학적인 사유는 시에도 어김없이 반영된다.

　　흙을 사로 빚어/ 거를 것 거르고/ 태울 것 모두 태워/ 마음의 비늘까지 소
지로 올리니/ 맑은 소리 품은/ 사발 하나 나왔다

　　소리도 보이는지/ 침묵하는 고요 속에/ 흙에서 나온 부분/ 흐트렸다 모두
어/ 사발 가득/ 차(茶)를 우린다

　　흙과 물이 불을 만나/ 바람되는 소신공양/ 어우르는 회오리에/ 퍼져가는
다정향(多情香)/ 담기고 담는 것이/ 하나 되는 꽃이다

―전현숙, 「사발, 낯선 설렘을 보다」 전문

사발을 굽는 행위는 흙 속의 물기를 산화시키는 일이지만, 사발이 탄
생하는 과정에 참여하는 사람의 불순한 마음을 소멸시키는 일이기도 하
다. 그리하여 "마음의 비늘까지 소지로 올"려 탄생한 사발은 맑은 소리
를 품을 수밖에 없다. 시인은 사발이 구워지면서 산화된 기운들을 우러
나는 차 속에 불러들여 그 마음과 소리까지 음미하고자 한다.

우주의 모든 사물은 흙과 물, 불과 바람氣이 합성되어 형상이 만들어
지며, 그들은 끊임없이 생멸生滅하며 모습을 바꾸어간다. 사람의 몸도
네 성분의 합성체이며, 죽으면 분해되어 다른 사물들의 형상을 짓는 데
사용된다. 그러한 우주 생멸의 원리가 "흙과 물이 불을 만나/ 바람되는
소신공양" "담기고 담는 것이/ 하나 되는 꽃이다"라고 하는 상상력을 부
른 것이다.

바흐친을 닮은 대화주의자―송영숙

러시아의 문학이론가 바흐친은 '대화주의자, 절충주의자, 전체론자,
복화술자'로 알려져 있다. 그것은 변화를 사랑하고 단일한 현상에 대해

다양한 용어를 사용하고자 하는 그의 성격에서 비롯되었다고 할 수 있다. 그는 문학을 개방적이고 미완성적이며 역동적인 실체로 보았으며, 존재가 아니라 생성, 결과가 아니라 과정이라고 판단하였다. 바흐친의 다성성의 이론은 러시아의 형식주의와 마르크스주의 이론이 지니고 있는 모순과 한계를 지적함으로써 제3의 이론을 제시하기 위한 방법론이었다.

바흐친에 대하여 장황하게 설명한 것은, 송영숙의 시작품에 나타나는 상상력이 그에 닿아 있기 때문이다. 송영숙은 단성적 목소리를 내지 않는다. 참인 듯하면서도 아닌 것 같고, 비꼬는 것 같으면서도 진실을 내포한 그의 시는 정형이기를 거부하는 변증법적인 방법론을 지향한다고 할 수 있다.

　　전생에 나는 백제금동대향로의 다섯 악사 중 배소를 불던 주악상이었다.
그런데

　　어쩌다 속 깊던 한 사내를 몰래 가슴에 두었다가 그를 위해 연주한 것이 발각되어 쫓기듯 나와 지금 여기 허름한 나무 의자에 기대 있는 것이다. 그 벌로

　　단 한번도 나팔을 불어 본 적 없는 나팔꽃처럼
　　하늘 한번 올려다 본 적 없어도 향기를 잃지 않는 엔젤 트럼펫처럼
　　슬퍼도 소리 내어 울 수 없는 벙어리매미가 된 것인데
　　사랑에 눈먼 악사들에게
　　언젠가 소리가 허락되는 날이면
　　사람들은 지상에서 가장 아름다운 교향악을 듣게 될 것이다

　　당신은 모른다. 내가 밤낮 잘도 웃지만 돌아서서 한번씩 크게 울기도 한다는 것을, 울면서 새끼손가락으로 양쪽 귀를 피가 나게 파보기도 한다는 것을,

—송영숙, 「벙어리매미」 전문

송영숙은 자신이 전생에 배소를 불던 악사였다고 믿는다. 한 사내를 몰래 가슴에 둔 죄로 이승으로 쫓겨나와 벌을 받는 중이라고 한다. 지상에서 가장 아름다운 음악을 연주하던 악사가 벙어리매미가 되었다면 그 상심의 정도는 짐작하고도 남을 만하다. 시인은 "밤낮 잘도 웃지만 돌아서서 한 번씩 크게 울기도" 할 정도로 진한 슬픔을 지닌 적이 있다고 한다.

인용한 작품 「벙어리매미」의 형식상의 특징은 제1연 끝의 '그런데'와 제2연 끝의 '그 벌로'와 같이 연 걸림의 기법에 있다. '그런데'와 '그 벌로'는 문장상 다음 연이 시작되는 첫 머리에 와야 한다. 그런데 전 연의 끝에 위치시킴으로써 시의 묘미를 살리고 있다. 이러한 기법은 시인들이 흔하게 사용하지 않는다. 그런데 송영숙은 유사한 기법을 다른 작품에도 종종 사용함으로써 자신만의 색깔을 형성해나가고 있다.

살아 있음의 미학—박미용

박미용은 살아 있음에 대하여 깊은 관심을 갖는다. 그러한 관심은 그의 시력 중반기 이후 두드러지는데 그 저변에는 어떤 이유가 있었을까? 박미용은 교직에 몸담고 있으면서 학생을 가르치는 일에 최선을 다하는 보편적인 교사였다. 그러한 그가 인간 존재에 대해 천착하게 된 것은 자신의 발병과 함께 동일한 병으로 언니를 잃은 사건 이후이다. 그 사건은 거의 동시에 일어나면서 시인의 정신세계에 지대한 영향을 미친다. 이후 그는 생명에 대해 탐구해가면서 필리아적인 인간 사랑을 하게 된다. 특히 인연을 소중히 여기며 아름답게 가꾸어가는 노력은 눈물겨울 정도이다. 그에게 있어서 살아준다는 것은 누구에게나 고맙고 대견한 일일 뿐이다.

편하게 살아요.
신세 볶지 말고

영혼, 그런 거 생각 마요.
예술, 그런 거 사치예요.

사는 것만도
당신 큰일 한 거예요.
나를 위해
그냥 살아만 줘요.
옆에 있어 눈맞춰만 주세요.

오래오래 함께함이
소원인 거
모른 척하지 마요.

사랑합니다.
같이 늙고 싶어요.

―박미용, 「또 하나의 사랑」 전문

인용시는 특별한 시적 장치나 기교가 없어서 읽히는 대로 이해하면 된다. 그러나 시의 행간에 숨 쉬고 있는 간절함을 외면할 수는 없다. 시인에게 가장 소중한 것은 '영혼'이나 '예술'보다도 살아 있다는 사실이다. "사는 것만도" "큰일 한 거"라며 "나를 위해/ 그냥 살아만" 달라고 간구하는 시인. 그를 위해서 살아주어야 할 대상은 존재하는 생명체들 모두이다. 혈육을 먼저 보내는 아픔을 겪어본 시인에게 살아 있다는 것은 기막히도록 고마운 사실일 뿐이다. 이로써 살아 있음의 미학은 박미용 시작품에서 주체적인 상상력으로 작용하게 된다.

나비의 자유–황희순

완전한 자유는 스스로 오는 것이 아니라 자신이 능동적으로 획득해야만 한다. 완전한 자유를 얻기 위해서는 용기가 필요하고, 세상을 자유롭게 유영할 수 있는 지혜가 겸비되어 있어야 한다. 자신을 갈고닦아 자유로운 정신과 육체를 보유하고 있을 때 완전한 자유는 비로소 내 속에 둥지를 틀게 되는 것이다. 황희순은 완전히 자유롭다. 세상의 법도와 구속을 스스로 제도하며 능동적으로 행동할 수 있는 용기를 지니고 있다.

높고 긴 다리를 삐뚜름 쪽진 노파가 건너고 있네 강물이 굽은 그림자를 붙들고 놓아주지 않네 물 속 그림자에 한눈파는 사이 노파가 사라졌네 다리 끝은 저쪽 산에 닿아 있네 해거름 등짐 진 중늙은이가 다리 위에 또 나타났네 모두 이쪽에서 저쪽으로 건너가네 갈댓잎 서걱대는 강물에 발 담그고 노파가 사라진 산을 바라보네 강도 저쪽 산에 닿아 있네 해가 져도 훤한 산이 어둠 내리는 강을 품네 반백 년 묵은 이 몸도 저쪽 산을 향해 비스듬히 기우네

–황희순, 「한여름, 저승을 엿보다」 전문

인용시에 상정된 "높고 긴 다리"는 저승으로 통하는 길목이다. 그 다리는 "삐뚜름 쪽진 노파"도 건너고, "등짐 진 중늙은이"도 건넌다. 그들이 다리를 건너서 닿는, "해가 져도 훤한 산"은 바로 저승이다. 황희순에게 있어서 저승은 무섭고 어두운 곳이 아니라, 누구나 가 닿아야 하는 해 밝은 곳으로 환기된다. 자신이 발 담그고 있는 강물도 결국은 저승과 맞닿을 것이며, 지천명을 바라보는 시인 자신도 저승으로 몸이 기울어가는 것을 감지한다. 이러한 시적 사고는 영혼의 자유를 지닌 자만이 누릴 수 있는 경지라고 하겠다.

마사토에 핀 패랭이꽃 — 이순옥

　마사토는 바위가 부서져 흙이 되는 과정의 모래흙 상태를 지칭한다. 마사토는 굵은 모래이기 때문에 거름기가 없고 물이 고이지 않아 식물이 자라기에 적합한 토양이 되지 못한다. 그러나 마사토는 물이 잘 빠져서 질척이지 않고 깨끗하다. 마사토에 핀 패랭이꽃을 본 적이 있는가. 키가 작고 꽃대가 가늘지만 가을 햇살만큼이나 짱짱하고 꽃잎이 맑다. 이순옥이 바로 그런 사람이다.

　　　그리움이 그립다
　　　어느새 나는
　　　그리움을 소유한 사람이 되어버렸을까?
　　　그리움을 가지고 나니 그리움이 없어져버렸다.
　　　가지지 않아야만 가질 수 있는 그리움

—이순옥, 「그리움이 그립다」 일부

　우리는 나름대로 자기분석을 하며 살아간다. 무의식중에 움직이는 내 마음이 어떤 것일까를 생각하면서 산다. 이순옥이 들여다본 자신의 '마음'은 무엇이었을까. 그는 그리움마저 소유해버려 희로애락에 민감하게 반응하지 않는 자신을 발견하기에 이른다. 이러한 결과는 그리움을 견디어내기 힘든 나머지 방관해버린 삶의 태도에서 기인한다고 하겠다. 그러나 이제는 마음을 자유롭게 놓아주고 싶다. 그리울 때 그리워할 수 있는 것은 가장 사람다운 일이기 때문이다.

나가면서

시상문학 동인들은 개성이 강한 여성들이다. 악기로 치자면 음색과 울림이 각기 다른 악기들이다. 그래서 그들이 엮어낸 동인지는 여러 음색이 어우러져 아름다운 하모니를 연출할 수밖에 없다. 그런데도 이들의 작품에는 공통점이 있다. 그것은 여성의 입장에서 여성인 어머니를 이해하려는 시도가 두드러진다는 점이다. 동인 모두가 사십대 중·후반부터 오십대 여성들이다보니 어머니를 여읜 사람이 많을 수밖에 없다. 젊어서 부모를 잃은 슬픔의 중심에는 등 비빌 언덕이 사라진 것이지만, 나이 들어 어머니를 여의는 슬픔은 인간으로서, 여성으로서 어머니를 연민함에서 오는 슬픔일 것이다. 그 심층에는 짙은 동료애로서의 '인간 사랑'이 내재되어 있다.

시상문학 동인들은 특정한 지역의 한 시대를 열어가는 문학 담당자임에 틀림없다. 이들의 존재는 대전 시단의 색채를 결정짓는 데 분명한 역할을 하리라고 믿는다. 어울리지 않는 음색을 지닌 듯하면서도 아름다운 하모니를 이루는 이들의 행로를 지켜볼 일이다.

—방송대 대전충남지역대학 국어국문학과 학회지 『등롱』 제15집

제3부

◆
◆
◆
◆
◆

사람의 길, 산승의 길

그리움의 길 사십년

◆

『나태주 시전집』

들어가면서

나태주 시인의 시전집이 나왔다. 김천정 화백의 아름다운 그림으로
표지를 단장하고, '고요아침' 출판사에서 2006년 6월 10일에 발행되었
다. 전집은 총 네 권으로, 삼권까지는 등단한 이후의 시를 실었으며, 사
권은 그동안 발표하지 않은 산문과 대담, 등단하기 전에 썼던 '소년시집'
을 부록으로 실었다. 전집을 보면 앙증스럽게 양장 제본한 것에서부터
내용의 편집에 이르기까지 정성을 기울인 흔적이 역력하다. 이러한 결
과는 여러 사람의 힘이 합쳐지지 않고는 불가능한 일이다. 전집 출판 사
상 전무후무한 일이 되지 않을까 한다.

나태주 시인의 시 창작은 현재진행형이다. 그럼에도 불구하고 전집을
낸 이유는 그동안 써온 삼천여 수의 시를 정리해야 새로운 창작의 길을
열 수 있을 것이라는 부지런하고도 정돈된 시인의 성격 때문이었으리
라. 미당 서정주도 58세 때(일지사, 1972) 다섯 권의 문학전집을 엮어냈

던 것을 보면 그리 낯설지만은 않은 일이다.

나태주 시인은 1971년 서울신문 신춘문예에 시 「대숲 아래서」가 당선되어 문단에 발을 들여놓은 후 창작에 매진해왔다. 많은 평자들이 그의 시에 붙여 이야기한 바를 정리하면 대략 다음과 같다.[1]

첫 번째, 사랑과 이별, 그리움의 시인이다.

두 번째, 서정의 뿌리가 튼튼한 시인이다.

세 번째, 식물성 시인, 자연 친화적 생명 탐구의 시인이다.

네 번째, 한국적 정서, 동양적 세계관을 지닌 시인이다.

모두가 맞는 말이지만 필자는 첫 번째 의견에 더 많은 비중을 두고 싶다. 그의 시의 성질은 식물성이고, 동양적 또는 한국적 정서를 바탕으로, 그리고 자연을 바탕으로 사랑과 이별, 그리움을 읊고 있기 때문이다. 그는 사람을 좋아한다. 어린아이든 어른이든, 여자든 남자든, 인간을 이해하고 연민하는 사람이다. 또한 그는 식물과 동물, 무생물에 이르기까지 자연 현상 모두를 애정 어린 시선으로 보듬어 안는다.

이 글에서는 그의 시를 제1기와 제2기, 제3기로 나누어 살펴볼 것이다. 제1기는 1971년 등단 이후부터 시집 『대숲 아래서』를 거쳐 『누님의 가을』, 『막동리 소묘』가 나오는 1980년까지로 잡고, 제2기는 시집 『사랑이여 조그만 사랑이여』부터 『천지여 천지여』가 나오는 1995년까지, 제3기는 시집 『풀잎 속 작은 길』이 나오는 1996년부터 현재(2006년)까지이다.

나태주 문학 제1기의 시는 작품성이 뛰어나다. M. H. 에이브럼즈의 비평의 좌표에 따르면 존재론에 치중했다고 할 수 있다. 작품성의 궁극에 도달하기 위해 치열하게 고민한 흔적이 역력하다. 그런 반면 제2기의 시는 대중성이 강하다. 대중성이 강하다는 것은 많은 독자들이 좋아한다는 의미이며, 앞의 이론에서는 효용론이 될 것이다. 제3기에 오면 나태주 문학은 성숙기를 맞는다. 제1기의 까슬까슬한 시정신이 다듬어지

---

1) 나태주시인 화갑기념문집 간행위원회, 『나태주의 시세계』, 분지출판사, 2004.

고 제2기의 진부하다고 여겨질 수 있는 대중성을 탈피하면서 세계와 자아가 일치하는 경지에 이르고 있다.

나태주 문학의 제1기

나태주 문학의 제1기를 대표할 수 있는 시는 「대숲 아래서」와 「막동리 소묘」이다. 등단작인 「대숲 아래서」에는 시인으로서의 가능성이 충분히 함의되어 있다. 젊음의 방황과 그것을 잠재우려는 노력이 역력하게 형상화되면서 앞으로 전개될 시의 향방이 잠재하고 있다고 하겠다.

1.

바람은 구름을 몰고
구름은 생각을 몰고
다시 생각은 대숲을 몰고
대숲 아래 내 마음은 낙엽을 몬다.

2.

밤새도록 댓잎에 별빛 어리듯
그슬린 등피에는 네 얼굴이 어리고
밤 깊어 대숲에는 후둑이다 가는 밤 소나기 소리.
그리고도 간간이 사운대다 가는 밤바람 소리.

3.

어제는 보고 싶다 편지 쓰고
어젯밤 꿈엔 너를 만나 쓰러져 울었다.
자고 나니 눈두덩엔 메마른 눈물자죽,
문을 여니 산골엔 실비단 안개.

4.

모두가 내 것만은 아닌 가을,
해 지는 서녘구름만이 내 차지다.
동구 밖에 떠드는 애들의
소리만이 내 차지다.
또한 동구 밖에서부터 피어오르는
밤안개만이 내 차지다.

하기는 모두가 내 것만은 아닌 것도 아닌
이 가을,
저녁밥 일찍이 먹고
우물가에 산보 나온
달님만이 내 차지다.
물에 빠져 머리칼 헹구는
달님만이 내 차지다.

－「대숲 아래서」 전문

이 시의 제1연은 시상의 전개에 있어서 '바람 → 구름 → 생각 → 대숲 → 내 마음 → 낙엽'의 순으로, 먼 데서부터 점점 구체적인 것으로 형상화하는 기법을 차용하고 있다. 바람이 단번에 낙엽을 몬다고 할 수도 있겠지만 바람과 구름과 생각과 대숲을 거쳐, 대숲 아래의 내 마음은 낙엽을 몰고 있다. 자연 현상 모두가 힘을 합쳐 낙엽을 모는 것은 자연과 동떨어져 있는 내가 아니라 더불어 존재하는 나를 인지하기 때문이다.

시인은 잠 못 든 채 대숲에 후둑이는 소나기 소리를 듣기도 하고, 바람 소리를 들으며 누군가를 그리워하다가 보고 싶다는 편지를 쓰기에 이른다. 간절한 그리움으로 지샌 아침, 눈물 젖은 눈으로 내려다보는 산골엔 실비단 안개만이 어려 있을 뿐이다. 그러나 제4연에서는 모든 것을 체념하기에 이른다. 서녘구름과 아이들 떠드는 소리, 밤안개처럼 소중하지 않은 것들만이 내 차지라는 결론에 이른 것이다. 우물가의 달님만이 내 것이란 걸 깨달으며 갈피 잡히지 않는 젊음을 다독거린다. 이처럼 시「대 숲 아래서」는 이십대 초반의 사랑과 고독, 실연의 아픔을 형상화한다.

나태주 문학의 제1기를 대표하는 또 하나의 시집『막동리 소묘』는 185연으로 쓰인 4행시 모음이다. 막동리는 충남 서천에 있는 시인의 고향 마을인데 시인은 이 시를 5년에 걸쳐 썼다고 한다. 고향의 풍경과 사람, 풍습 등을 총망라하여 묘사한『막동리 소묘』는 봄 · 여름 · 가을 · 겨울의 순으로 전개되다가 다시 봄이 되어 끝을 맺는다. 필자는 이 시편들을 나태주 문학의 정수로 보고 있다. '소지로'의 음악을 들으면 환희를 넘어 비극의 극치를 헤매게 되는데, 이것을 '마귀의 홀림'이라고 하여 듣지 못하도록 했다고 한다. 음악이 인간의 미적 정수를 자극하여 다른 생각을 전혀 못하도록 몰입시켜버린 것이다. 나태주의『막동리 소묘』를 읽고 있으면 바로 그러한 상태가 되어버린다. 아픈 희열로 몸이 저려오는 통증을 느끼기도 하고, 책장을 넘기지 못한 채 고요한 몸부림을 동반한 카타르시스를 경험하는 것이다.

시인이 바친 열정은 독자에게 그대로 전달되기 마련이다. 시가 이토록 독자를 전율시키는 것은 작품을 쓸 당시 시인도 미쳐 있었다는 사실을 말해준다. 서른 살 무렵의 젊은 시인은 그리움과 열정을 주체하기 힘들어 들길을 쏘다니며, 목숨을 갉아먹으며 시를 썼을 것이다.

못자리판 물낯 위에 조각 하늘
바람도 없는데 왜 흔들릴까?
물꼬 가에 살포 짚고 섰는 해오라기
제비 나래 스쳐설까? 까치 울음 번져설까?

—「막동리 소묘 28」

비는 눈이 향맑은 가시내.
비는 숨결이 향그런 가시내.
덤불난초 어지럽게 어우러진 밤,
내 팔에 안겨 흐득흐득 잠결에도 울던 사람아.

―「막동리 소묘 49」

맑은 샘물 한 모금 마시러 십 리를 돌아서 가고
맑은 개울물에 손 씻으러 이십 리를 돌아서 가고
네 목소리 들으러 삼십 리를 돌아갔더니
보리밭 위에 황소만 여물을 씹고 있읍데.

―「막동리 소묘 184」

「막동리 소묘 28」의 정경은 시골에 살아본 사람만이 알 것이다. 햇빛 밝은 초여름의 못자리판은 그대로 거울이 되어 하늘을 담고, 구름을 담는다. 이 부분에서 바람 없이도 물거울이 흔들리는 이유를 "제비 나래 스쳐설까? 까치 울음 번져설까?"라고 표현한 시인의 상상력이 놀라울 뿐이다. 하늘 높이 유영하는 제비의 날갯짓에도 물낯이 흔들리고, 먼 산의 까치 울음소리에도 파장을 일으킨다고 형상화하고 있기 때문이다.

「막동리 소묘 49」는 비 온 뒤의 산골 풍경을 묘사하는데, 연둣빛 잎들이 피어날 무렵의 가랑비 젖은 산골 풍경은 향그럽기만 하다. 그 투명한 맑음을 시인은 "비는 눈이 향맑은 가시내"라고 형상화하고 있으며, 밤새 덤불에 내리는 빗소리를 내 팔에 안겨 우는 여인의 흐느낌으로 환기하고 있다.

한편, 「막동리 소묘 184」는 가슴을 한 대 얻어맞은 것처럼 말을 잃어버리도록 한다. 맑은 물 마시러 가기도 멀고, 손 씻으러 가는 길도 멀지만, 네 목소리 들으러 더 멀리 찾아갔더니 황소만 여물을 씹고 있더라는 형상화가 그것이다. 신기루처럼 아득할 뿐인 그리움. 그로 하여금 한 생을 매달리도록 한 그리움이라는 갈증을 시인은 이렇게 형상화한 것이다.

『막동리 소묘』는 전편에 걸쳐 한국의 정서가 짙게 내재한다. 사행시인 만큼 유장미가 있다거나 논리적인 사상이 담기지는 않았지만 깔끔하고 명징한 울림이 전해지는 작품들이다. 자칫하면 지루하고 동의어 반복이 될 수 있는 연작시를 185편이나 변별성 있게 썼다는 것은 놀라운 일이 아닐 수 없다.

나태주 문학의 제2기

「막동리 소묘」 이후 나태주 문학은 제2기를 맞는다. 이 시기가 시인에게는 여러모로 힘든 때였던 것 같다. 공주사범학교 마지막 졸업생으로 교사가 되었으나 그 학력으로 교단을 지키기엔 여러 가지 갈급함이 있었다. 그는 5년 과정이었던 한국방송통신대학 초등교육과를 1980년에 입학하여 1985년에 졸업하고, 충남대학교 교육대학원에 입학하여 교육학석사로 졸업한다. 시인의 증언에 의하면, 일하면서 공부했던 이 시기를 되풀이하라면 정말이지 하고 싶지 않다는 것이다. 공부하는 내내 신경이 곤두서 있었고, 그 사실은 시창작에도 영향을 미쳤다. 「막동리 소묘」에 들이부었던 시인의 열정이 공부하는 데로 쏠려버린 것이다.

시가 잘 되지 않으니 조급증이 생기고, 강박관념에 시달리며 내놓은 시는 지난날 발표했던 시들의 동의어 반복으로 긴장감마저 느슨해진다. 일생 동안 「막동리 소묘」를 쓰던 시절처럼 몰입했다면 그는 아마 죽어버리고 말았을 것이다. 어떻게 끝없는 긴장감이 몰고 오는 압박을 견딜 수 있었겠는가. 어떻게 보면 제2기의 시들이 다소 느슨해진 사실이 시인에겐 다행스런 일이었는지도 모른다. 파도도 상승과 하강이 있고, 우리의 생애도 리듬이 있다. 오르기도 하고 내려가기도 하면서 한 생을 살아내는 것이 우리의 일생이다.

「막동리 소묘」의 성공을 재현해보고 싶은 시인은 제2기에 사행시 연작으로 「별곡집」을 시도하지만 「막동리 소묘」에는 미치지 못한다. 시정신의 치열함과 긴장감이 떨어지고 소재 선택의 폭도 좁아 「막동리 소묘」에서 빼먹고 남은 쭉정이로 시를 만든 격이 된 것이다. 이 사실을 뒤집어 말하면 「막동리 소묘」가 몹시 빼어난 작품이었다고 환기할 수도 있다. 그리하여 졸작이 아닌데도 「막동리 소묘」와 비교당하며 평가절하되는지 모른다.

이 시기의 특징 중 하나는 사랑시가 많이 구현된다는 점이다. 『사랑이여 조그만 사랑이여』가 그렇고, 『구름이여 꿈꾸는 구름이여』가 그렇다. 다른 시집에도 사랑시가 많이 보이지만, 두 시집은 특정한 인물에 대한 사랑시 연작으로 구성되어 있다. 조금만 좋아해도 산처럼 좋아하는 양 착각하고, 조금만 아파도 몹시 아픈 것처럼 엄살을 부리는 것이 시인이다. 그러한 엄살이 시를 쓰도록 추동하는 에너지가 되지 않았을까 한다.

자는 여자는 이뻐라.
다리 놓고 가슴 놓고
잠든 여자는 이뻐라.
눈 감아 눈썹 감아
세상에는 없는 것 보며
아무렇게나 흩어진 머리카락,
잠든 눈썹은 고와라.

버려진 샘물은 깊고도 달아
끝내 놓친 입술은 슬퍼라.

–「자는 여자」 전문

　"다리 놓고 가슴 놓고" 잔다는 것은 웅크리지 않은 채 팔다리를 자유롭게 두고 자는 모습을 말한다. 그래서 "다리 놓고 가슴 놓고" 자는 여자는 머리카락도 흩어져 있다. 얼마나 편안하고 여유로운 시적 공간인가. "눈 감아 눈썹 감아/ 세상에는 없는 것 보며"라고 한 상상력이 놀라울 뿐이다. 사물을 보려면 눈을 떠야 하는데 눈을 감고, 더구나 세상에는 없는 것을 본다. 세상에는 없는 것－여자는 사람들 사이에서 만나보기 어려운 따뜻한 정경과 세상에 존재하지 않는 사물을 볼 것이며, 세상에서 만들 수 없는 아름다운 사랑도 만들 것이다. 편안하게 자는 모습만큼이나 여유롭고 아름다운 정경을 꿈속에서 만나리라.

　제1연과 제2연은 여자가 자는 모습을 묘사하는 것에 그치지만, 제3연에서는 시인의 감정이 개입되기에 이른다. "버려진 샘물은 깊고도 달"듯이 "끝내 놓친 입술은 슬"프다는 것이 그것이다. 사랑스러운 여자를 보고만 있어야 하는 시인은 배가 고프다. 끝내 훔칠 수 없는 입술은 더 감미로울 수밖에 없을 것이다.

　나태주 문학의 제2기는 여행시가 많다는 특징도 지닌다. 유럽을 여행하며 쓴 『나는 파리에 가서도 향수를 사지 않았다』가 그것이고, 중국을 여행하며 쓴 『천지여 천지여』가 그것이다. 보편적인 여행시들이 서경시에 머무는 반면, 나태주의 여행시는 서경의 한계를 극복하고 서정성을 짙게 함의한다.

용정에서 백두산 찾아가는 길
애기 모자모양 같다 그래서 이름이 모아산(帽兒山)

기슭은 온통 사과배나무 과원

사과배나무라니?
사과면 사과고 배면 배이지……
아주 오랜 옛적(1921년) 이곳에 삶의 터를 잡은
최범두(崔范斗) 할아버지
돌배나무에 사과 접순을 붙여
사과면서 배이고
배면서 사과인 새로운 품종
사과배를 만들어냈다는 이야기

―「또 다른 민족으로」 일부

중국 여행 중에 시인의 안테나는 사과배나무를 그냥 지나치지 않는다. 사과이면서 배이고, 배이면서 사과인 과일의 속성을 천착하다가 연변에 살고 있는 우리 민족을 생각하게 된 것이다. 조선 사람이면서 중국인이고, 중국인이면서 조선 사람인 연변족. 조선 사람의 입장과 중국인으로서의 입장이 사과이면서 배이고, 배이면서 사과일 수밖에 없는 양면성을 천착하게 된 것이다.

이 작품 외에도 여행시 전편에 서정성이 짙고 미적 장치가 튼실하다. 그런 측면에서 나태주의 여행시는 성공한 시라고 말할 수 있겠다.

나태주 문학의 제3기

나태주 문학의 제3기는『풀잎 속 작은 길』이 출간되는 1996년부터 현재(2006년)까지이다. 그동안 활동한 대가로 상도 많이 받았는데, 1979년 한국문예진흥원이 주관하는 제3회 흙의문학상(본상)을 받았으며, 1997

년에는 제2회 현대불교문학상을, 2000년에는 제2회 박용래문학상(대전일보사 주관), 2002년에는 제7회 시와시학상(작품상)과 제1회 대한민국 향토문학상(광주)을 받았고, 2004년에는 제14회 편운문학상(본상)을 받았다.

제2기 이후의 나태주는 자신의 시에 대해 고민하기 시작한다. 교직에서는 교감을 거쳐 교장으로 승진하고, 삶의 문제가 어느 정도 해결되었으니 시 창작에 열정을 바칠 수 있는 여건이 마련된 것이다. 하지만 상승 곡선을 그릴 때가 되었는데도 시는 쉽게 실체를 보여주지 않았다. 그래서 그는 시를 잡기 위한 노력의 일환으로 풀꽃 그림을 그리기 시작한다.

풀꽃 그림을 그리기 시작하면서 깜깜하던 사물의 실체가 보이기 시작하고, 시의 구체적인 몸뚱이가 다가오기에 이른다. 그림을 그릴 때마다 새로운 옷을 입고 시가 덤으로 따라왔다고 한다. 그는 심심한 줄도 모르고 일요일이면 버스를 타고 들판에 나가 해가 지도록 그림을 그렸다. 어두워져서 그림을 완성하지 못하고 일어서는 안타까움이 「강아지풀을 배경으로 2」(나태주 시전집 제3권, 76쪽)에 형상화되고 있다. 풀꽃을 찾느라 혼자서 일어섰다 앉았다 하는 행동을 수상히 여긴 사람이 신고했는지 경찰이 조사를 나온 적도 있었다고 한다.

나태주는 시를 잘 쓰기 위한 또 하나의 노력으로 외워지지 않는 시는 과감히 버렸다고 한다. 시를 억지로 만들려고 하지 않고, 구체적으로 다가오지 않는 시는 방생하듯 놓아 보냈다. 놓아준 것들이 완전하게 자라서 돌아와 주기를 기다린 것이다. 다음 작품은 그러한 노력이 탄생시킨 시이다.

난초 화분의 휘어진
이파리 하나가
허공에 몸을 기댄다

허공도 따라서 휘어지면서
난초 이파리를 살그머니
보듬어 안는다

그들 사이에 사람인 내가 모르는
잔잔한 기쁨의
강물이 흐른다.

―「기쁨」 전문

　이 시는 제2회 현대불교문학상을 안겨준 작품이다. 육안으로 보이는 현상 너머에 존재하는 사물의 속성을 형상화한 작품이라고 할 수 있다. 어떻게 난초 잎이 허공에 몸을 기댈 수 있겠는가. 그러나 시인의 상상력 속에서는 허공이 난초 잎을 받쳐주는 손이 되기도 한다. 허공의 버팀목은 고정된 것이 아니라 난초 잎 따라서 휘어지는 유연성을 지니고 있다. 그럼으로써 난초 잎의 휘어짐을 자연스럽게 받쳐줄 수 있다. 그들은 "사람인 내가 모르는" 사이에 말을 주고받으며 서로를 알아주기도 하는 모양이었다.

　시는 자연의 본질적인 현상을 언어로 표현하는 예술이라고 할 수 있다. 시인은 우주의 본질을 꿰뚫을 수 있는 심미안을 지녀야 하며, 그 결과를 미적 언어로 표현해야 한다. 이러한 원리를 이해할 때 이 작품의 실체를 볼 수 있을 것이다.

풀잎은 푸르기만 한 것만은 아니다

풀잎 속엔 가느다란 길이 있어
그 길을 따라서 가면 오두막집
오두막집은 황금빛

노을이 빛부신 석양받이
차마 굴뚝도 세우지 못한

봉숭아꽃은 피고 물밀 듯이
봉숭아꽃은 지고 이제는
씨주머니가 익어 도르르
새까만 씨앗 튀어오르는
토방, 들마루
아이 하나와
하얀 치마저고리의 아낙네가
봉숭아 새까만 씨앗을
바라보고 있다
왜 둘은 말이 없었을까
그림자처럼 옛이야기처럼

풀잎은 결코 푸르기만 한 것만은 아니다.

-「풀잎 속 작은 길」 전문

인용시는 외할머니와의 애틋한 추억을 형상화한 작품이다. 나태주의 시에 외갓집은 늘 오두막으로 형상화되는데, 이 시의 외갓집은 굴뚝조차 세우지 못한 오두막이다. 시인은 풀잎이라는 매개체를 통해 추억 속으로 걸어 들어간다. 봉숭아 꽃씨가 튀어 오르는 토방의 들마루에서 그들은 왜 말이 없었을까. 그것은 추억 속의 흑백사진이면서 시인의 상상력에만 존재하는 옛이야기이기 때문이다.

봉숭아는 시골 집 마당가에서 여름 내내 피고 지는 꽃이다. 손톱에 꽃물 들여 첫눈 올 때까지 지워지지 않으면 첫사랑이 이루어진다는 꽃말을 지니고 있으며, 꽃씨가 익으면 살짝만 건드려도 씨앗이 멀리멀리 튀어나가는 꽃이다. 봉숭아는 우리 민족의 가난한 꽃밭에서 그들과 함께 살아왔다. 어느 마을이든지 봉숭아가 없는 집은 찾아볼 수 없을 정도이다. 따라서 시인도 봉숭아를 빼놓은 외할머니를 생각할 수 없었던 것이다.

나가면서

나태주의 시에는 생경한 이념이나 사상이 드러나지 않으며, 영원한 인간 문제라고 할 수 있는 사랑과 이별이 주를 이룬다. 그것은 사람 사랑 뿐만 아니라 존재하는 모든 현상에 대한 사랑이기도 하다. 후기로 올수록 동물과 식물, 무생물까지도 의인화하면서 조화로운 자연의 질서 속에서 자신을 들여다보고자 한다.

문학의 제1기에 그는 시 쓰는 일에 삶을 송두리째 바쳤다. 문학에 대한 열정을 빼놓으면 아무 것도 없을 만큼 시만을 생각하는 삶이었다. 초기인 만큼 원숙미가 떨어질는지는 모르지만 보석을 잉태한 원석처럼 치열한 서정이 가능성을 보여준 시기이다.

현실의 삶과 문학을 오가며 방황한 시절이 제2기이다. 직장생활도 충실해야 하고, 가정도 건사해야 하는 것이 가장으로서의 시인이다. 시에 대해 사유할 시간이 부족했던 이 시기에 그는 긴장감이 이완된 시를 양산하지만, 그것은 대중성을 확보하는 계기가 되기도 한다.

제3기의 나태주는 자연의 섭리와 사물의 이치를 터득해가며 가시적인 세계 너머 불가시의 세계를 보려고 애쓴다. 이 시기는 풀꽃 그림을 그리면서 자연과 소통한 시기이기도 하다. 나이 들어 노력한 만큼 삶의 연륜도 깊어지고 시의 연륜도 깊어진 것이다. 이 시기는 자아와 세계가 화합하여 세상을 두루 껴안게 된다.

나태주 시의 뿌리를 이루는 것은 외할머니와 함께 살며 체득된 정서라고 하겠다. 너덧 살 무렵부터 중학교에 들어가기 전까지는 성격이 형성되는 중요한 시기이다. 이 시기를 외할머니와 살면서 둥지 속의 새 새 끼처럼 사랑받았기 때문에 그의 시심은 따뜻하다. 따뜻함은 사람 사랑 으로 발전하다가 후기에는 자연 현상에 대한 사랑으로 확대되기에 이 른다.

시인이 일생동안 쓴 시 중에서 과연 몇 편이나 후세에 회자될까? 시를 평하기는 쉽지만 시 쓰기는 그만큼 어렵다는 말이다. 나태주의 시생명 은 아직 끝나지 않았고, 노력하는 만큼 앞으로도 주목할 필요가 있다. 더 욱 정진하여 아름다운 시를 보여주기 바란다.

—『정신과표현』, 2006년 11 · 12월호

시인의 텃밭

◆

고재종의 시세계

'성공하기 위해 사느냐, 완성하기 위해 사느냐' 하고 묻는다면, 단연코 삶은 완성해가는 것이라고 말할 수 있겠다. 인간은 태어날 때 자신만의 텃밭을 지니고 이 세상에 나온다. 그리하여 텃밭을 가꾸고 채워가는 과정이 삶이라고 한다면, 개인의 일생은 '나'라는 텃밭을 완성해가는 여정이라고 할 수 있을 것이다.

텃밭은 똑같은 크기라 하더라도 구성이나 색채가 각기 다를 것이며, 크기 또한 개인마다 다를 수 있다. 그러면 시인의 텃밭은 어떠해야 할까. 그 대답 또한 참으로 다양하게 추론될 수 있다. 무엇이 옳고 그른가에 대한 대답도 가치관 혹은 세계관의 차이에 따라 다르게 나타나기 때문에 우리는 자신이 믿는 한 가장 올바르다고 생각하는 길을 선택할 권리가 있다. 이것은 자신의 삶에 대한 책임이 막중하다는 의미이기도 하다.

고재종은 시인이다. 그렇다면 시인으로서 고재종도 텃밭을 가꾸기 위한 전략을 지니고 있을 것이다. 그것은 가끔 산 같은 외로움을 감내하는 길이기도 할 것이며, 파도를 헤쳐 나가는 고난의 길이기도 할 것이다.

전직 자물쇠공이자 독학자였던 주제 사라마구를 노벨문학상 수상작가로 만들어준 가장 영향력 있는 인물이라고 평가받는 시인 페르난두 페소아는, 임대아파트에 혼자 기거하면서 자기가 사는 포르투칼의 도시 구석구석을 매일 어슬렁거렸다 한다.
　"위대한 사람이 되는 것은/ 잘난 체하거나 배척하지 않는 것임을/ 넌 알아야 해./ 알면 알수록 그건 아주 사소한 것임을/ 넌 알아야 해./ 달은 세상의 모든 호수를 비춘다는 것을./ 그래서 높은 곳에 위치한다는 것을."
　젊었을 때 사라마구의 삶과 문학의 지표가 되었다는 페소아의 시 구절인데, 그런 시인의 임종 때 가족들은 담당의가 들어오자 "들어오세요, 박사님. 들어오시라고요. 아무짝에도 쓸모없는 인간이 여기 있답니다."라고 말했다 한다.

　작가는 시인의 묘 앞에서 시인의 시를 낭독하고는 비장하게 말했다지.
　"여러분! 여기 페소아가 있소!"

－「시인」 전문

이 시는 '페르난두 페소아'라는 시인이 가꾼 텃밭의 형상을 여실하게 조명해주고 있다. 페소아는 이런 시를 썼다고 한다. "위대한 사람이 되는 것은/ 잘난 체하거나 배척하지 않는 것임을/ 넌 알아야 해./ 알면 알수록 그건 아주 사소한 것임을/ 넌 알아야 해./ 달은 세상의 모든 호수를 비춘다는 것을./ 그래서 높은 곳에 위치한다는 것을."

페소아의 텃밭은 강렬한 색채를 지닌 장미꽃이 아니라 풀꽃들로 채워져 있을 것이고, 황금사과가 아닌 개복숭아 나무가 자라고 있을 것이 분명하다. 그들은 잘난 체하지 않고 배척하지 않으면서 있는 듯 없는 듯 존재하는 꽃과 열매들이다. 이들은 타인보다 강렬한 색채를 지녀야 하고,

비싼 과실이어야 행세할 수 있다는 현실 논리와는 상반되는 세상을 지향한다. 그러나 조용히 호수를 비추는 달이 높은 곳에 위치하듯이, 남을 배척하지 않고 잘난 체하지 않는 존재들이 훨씬 위대하다는 역설을 낳기도 한다.

세상의 가치 척도를 재는 잣대는 개인마다 다르다. 페소아가 가꾸는 텃밭에 감동받은 '사라마구'는 소설을 쓰기 시작하여 노벨문학상까지 수상한 반면, 페소아의 가족들은 그를 가장 쓸모없는 인간으로 취급해 버렸다. 그러면 가족들이 아무짝에도 쓸모없다고 여긴 페소아가 어떻게 사라마구를 매료시켰을까. 무엇이 그로 하여금 페소아의 묘 앞에서 "여러분! 여기 페소아가 있소!"라고 당당하게 고하도록 했을까.

페소아는 잘나 보이지 않는 것들을 사랑하고 소중히 여겼지만, 그의 가족들은 물질만능 혹은 적자생존適者生存의 논리를 받아들이지 않는 페소아가 못마땅했을 것이다. 세상의 지향점에서 보면 쓸모없는 것들을 가꾸고 있는, 참으로 어처구니없는 것이 시인의 텃밭일 것이다. 이처럼 세상의 옷을 입지 못한 시인은 늘 이방인 · 주변인 취급을 받아왔다. 따라서 시인은 고독할 수밖에 없다. 동일한 텃밭을 꿈꾸는 소수자를 제외하고는 시인의 텃밭을 알아줄 이 아무도 없다. 하지만 자물쇠공이었던 사라마구를 충격적으로 변모시킨 페소아처럼 가장 위대한 존재이기도 한 것이 주변인으로서의 시인이다.

여기서 우리는 페소아의 텃밭을 진실로 동경하는 자는 사라마구가 아니라 고재종이라는 사실을 간과해서는 안 된다. 사라마구는 고재종의 텃밭을 구체화시키기 위해 빌려온 이름일 뿐이다. 고재종은 잘난 체하거나 배척하지 않음으로써 말없이 세상을 비추는 달 같은 존재를 사모하는 동시에 그를 닮아가고자 하는 시인이다.

일본의 노벨문학상 수상작가 오에 겐자부로 말인데

나는 어디서건 강의할 때마다 세 가지를 강조한다.

낚시하지 마세요, 밥으로 유인하여 남의 목숨을 약취하는 일을
새 기르지 마세요, 한번쯤이라도 감옥에 가보지 않은 분들은
분재하지 마세요, 모든 존재를 삼청교육대에 보낼 수 없다면

시를 쓸 거라면서, 시인이 될 거라면서
글쎄 왜 남의 고통을 생각하지 않으세요? 라고.

—「시인」 일부

역시 노벨문학상을 수상한 '오에 겐자부로'는 어렸을 때 낚싯바늘에
꿰인 물고기를 보고, '얼마나 아프면 소리도 지르지 못하고 바동거리기
만 할까' 생각하면서 인간의 고통을 표현하기 위해 작가가 되었다고 한
다. 겐자부로의 말에 경도된 고재종은 강의할 때마다 학생들에게 당부
한다. 낚시하지 말라, 새 기르지 말라, 분재하지 말라. 낚시는 남의 목숨
을 밥으로 유인하는 일이며, 새를 기르는 것은 철창에 사람을 가두는 행
위와 다름없고, 분재는 인간의 팔다리를 부러뜨리고 몸을 옭아매는 것
과 다를 바 없는 행위라고 말이다.

따라서 이 시도 시인의 텃밭이 어떠해야 하는가를 여실히 보여준다고
하겠다. "시를 쓸 거라면서, 시인이 될 거라면서/ 글쎄 왜 남의 고통을 생
각하지 않으세요?"가 바로 그것이다. 남의 고통을 최소화하면서 텃밭을
가꾸는 것이 시인의 사명일 것이다. 시를 쓴다는 사람이 산에서 자라는
나무를 훔쳐다가 팔다리를 비틀고 허리를 꺾는 고문을 가할 수 있겠는
가. 그렇게 불구를 만들어놓고 어떻게 흡족한 미소를 지을 수 있겠는가.
정원의 나무를 전지하는 것도 마찬가지다. 자연스럽게 자라도록 보아주
지 않고 자신의 취향대로 형상을 만들어가는 것은 소리 지르지 못하는
물고기에게 낚싯바늘을 꿰어 고통을 행사하는 것과 무엇이 다르겠는가.

고재종은 역설한다. 다른 사람들이 다 그래도 시인은 그러지 말아야 한
다고.

바늘에 찔려 몸부림치는 나비는
그 날개가 훨씬 더 아름답게 반짝인다고?

폭포가 되어 떨어지는 강물은
물거품으로 흩어져 더욱 아름답다고?

이 세상에 엄청난 고통이 존재한다는 것도 모르면서
무수한 고통을 겪으면서도
어디 하소연할 데가 없는 이들이 있다는 것도 모르면서

—「시인」 일부

시인의 텃밭을 이야기하던 고재종의 어조는 위 작품에 이르러 더욱
고조되기에 이른다. 바늘에 찔려 몸부림치는 나비의 날개 빛이 아름답
다고 찬탄할 줄만 알았지, 나비의 아픔을 생각해본 일이나 있는가. 천 길
낭떠러지에서 떨어지는 아픔은 가늠하지 못한 채 물거품이 아름답다고
말하고들 있지 않는가. 시인은 무릇 세상에 엄청난 고통이 존재한다는
것을 뼈아프게 체득해야 하고, 고통을 겪으면서도 하소연할 데 없는 사
람들의 동무가 되어주어야 한다는 것이다.

'반짝인다고?', '아름답다고?' 라고 반문하는 어조에서는 결연하게 대
항할 의지마저 엿보인다. 누가 옆에서 아니라고 하면 그것도 '모르면서',
'모르면서' 하면서 한 대 칠 기세이다. 고재종은 시인들이 텃밭을 제대로
가꾸지 못하는 사실에 대해 그만큼 격분하고 있는 것이다. 그러나 격앙
되었던 시인의 어조는 「물의 나라」에 이르러 부드러운 존재 천착의 음
성으로 전환되고 있다.

모래와 꽃, 시간과 별들을 함께 적시는 강물,
그리고는 서서히 익사의 지경을 감응하는 말들,

내게 처음으로 사랑을 가르쳐준 사람, 평생을 두고
당신보다 누굴 더 사랑할 수 있겠어요? 라니!

하나 둘 내가 네 몸의 지도를 읽는 동안
봉우리, 능선, 계곡, 숲, 새 바람, 구름 향기,
나는 존재하는 모든 것을 해독하고 있는 것이려니,

언제부터 우리는 불을 치켜들고 와서
어찌 이리 바다 속에서 한 삶으로 요동치는가.

―「물의 나라」 일부

시인이 인식하는 '물의 나라'는 '바다'이며, 바다에 닿기 위한 여정에서 만나는 '봉우리·능선·계곡·숲·새 바람·구름 향기'는 연인의 육체로서 환기할 수 있다. 그리하여 연인의 몸을 탐닉해가는 과정이 물의 여정이라고 이 시는 형상화하고 있다.

산정에서 발원된 물이 높고 낮은 지형을 천착하는 동안 고층과 심층의 탐구가 반복되면서 숨 가쁜 영혼의 두레박질이 계속되는데, 바위틈에서 터지는 첫 물맛은 생명충동을 고조시키기에 부족함이 없을 것이다. 그러다가 "다시 창공과 심연의 승강이 꿈을 내통하는 동안/ 문득, 누구에게 약취당해 버린 것 같은 내 생이/ 새롭게 팽팽하게 일고 있는 파란"이라는 사실을 인지하기도 한다.

"내게 처음으로 사랑을 가르쳐준 사람, 평생을 두고/ 당신보다 누굴 더 사랑할 수 있겠어요?"라고 하는 형상화는 내내 숨기고 있던 성애적 표현을 은근히 내비친 경우라고 하겠다. 바다에 가까워갈수록 말들도 익사의 지경을 감응하게 되고, 모래와 꽃, 시간과 별들도 한 덩어리가 되기에 이른다. 그리하여 시인은 "언제부터 우리는 불을 치켜들고 와서/ 어찌 이리 바다 속에서 한 삶으로 요동치는가"라고 묻는다. 바다는 우리들의 삶의 현장, 동시대를 부대끼며 살아가는 현실 사회를 환기한다. 물이 바다에 닿기 위해 거쳐야 했던 온갖 상황들은 삶의 여정에서 우리들이 겪는 상황과 대응되는데, 그러한 여정에서 형성된 저마다의 색깔이 바다에서 만나 조화를 이룬 것이 현실 사회이다.

이 시는 참으로 긍정적이며 아름답다. 인간의 다양성을 이해하려는 시도와 함께 삶의 현장에서 어울리는 존재들을 연민하는 눈길이 따뜻하기만 하다. 이러한 정경 또한 시인이 꿈꾸는 텃밭의 한 귀퉁이를 차지할 것이 자명하다.

한편, 시 「홀로 인생을 읽다」는 고전을 읽어가는 과정이 형상화되고 있다. 짐작컨대 시인은 어려운 이론서를 읽고 있는 듯하다. 재미없고 어려워서 알 듯한 문장들만 대충 해석하기도 하지만, 때로는 창창한 오기로 겹겹이 숨어버린 의미들을 찾아내려고 애쓰기도 한다. "생과 사는 페이지의 앞뒷면으로 반복"되는데 "정신분열증 환자의 담론처럼" "말도 안 되거나 말하기 싫어하"거나 또는 말하고 싶지만 "차마 말하지 못하는 것들의/ 징후까지를 짐작해보는 시간은 깊고"도 깊은 지식의 세계를 천착하는 시간이다.

혈투하듯이 고전을 읽은 후 행간이 의도한 것과 의도하지 않은 것까지 가늠해보는 시간이 끝난 줄 알았는데, 시인 앞에 다시 새로운 길이 펼쳐진다. 책을 읽는 목적은 지식 혹은 지혜를 습득하여 삶이나 연구에 적용하기 위해서라고 할 수 있다. 따라서 책을 읽은 다음 새로운 과제가 발생하는 것은 당연한 현상이라고 하겠다.

글은 곧 그 사람의 인격이라고 하였다. 동인지를 읽으면서 지은이의 이름을 보지 않았는데도 작품의 주인을 알 수 있는 것은 시가 곧 그 사람의 인격을 반영하기 때문이다. 이러한 사실을 바꾸어 말하면, 시인들이 가꾸는 텃밭의 구성이나 색채가 인격의 형태를 결정지으며, 인격은 곧 글로 나타난다고 말할 수 있다.

시 다섯 편으로 고재종 시인이 가꾸는 텃밭을 모두 섭렵하기는 어렵 겠지만, 그가 생명을 사랑하고 자연을 사랑하는 생태주의자라는 사실은 확실하다고 하겠다. 또한 아무 것이나 취하지 않는 맑은 정신의 소유자 로서 타인에게 해가 되는 일은 결코 하지 않을 것이라는 것도 짐작해볼 만하다.

—『시와정신』, 2012년 봄호

존재 탐구를 위한 수상(隨想)

◆

신웅순의 『시인의 겨울비』

들어가면서

2002년 가을이 저물 무렵, 신웅순 시인과 조촐한 생맥주집에서 마주하고 있었다. 필자는 서천 지역의 문학 동인지인 『서림』을 출판한 인연으로 그들의 출판기념회에 갔었고, 신 시인은 서천 출신으로서 그들의 초청을 받아 간 것이 우리가 만나는 계기가 된 것이다. 대전의 문학행사장에서도 얼굴을 마주한 적은 있으나 특별하게 각인될 만한 실마리는 없었다. 행사를 마치고 대전으로 돌아와서야 우리는 술을 한 잔 나눌 수 있었다.

이런저런 얘기 끝에 이야기는 학문 분야에 다다랐다. 당시 나는 방송대 국문과 2학년에 재학 중이었고, 그 사실을 알게 된 시인은 눈이 동그래졌다. 사십대 아줌마가 대학 2학년이라니, 이해하기가 쉽지 않았을 것이다. 박사학위 취득까지 10년을 계획하고 있다는 말을 듣고는 더욱 아연해했으나, 학문하는 시기는 정해져 있는 것이 아니니 시작하길 잘했

다고 희망과 용기를 주었다. 그런 일이 있은 후 공부하다가 지치거나 실
마리가 잡히지 않을 때, 이미 교직에 있는 시인에게 고충을 토로하며 새
로운 힘을 얻곤 하였다.

세월이 10여 년 흘렀고, 필자는 굽이굽이 고개를 넘어 제도권의 공부
를 마무리했다. 박사학위논문이 만장일치로 통과하던 날, 우리는 또 몇
이 마주앉았다. 그때서야 신 시인은 암담했던 과거의 심경을 털어놓았
다. 10년 공부를 계획한다는 말을 들은 순간 눈앞이 캄캄했다고 한다.
학문이 무엇인 줄이나 알고 끝까지 간다고 하는 것일까. 그 길은 가파르
고 멀어서 끈기와 노력이 없으면 닿을 수 없는 곳인데, 그 내막을 알기나
하는 것일까. 참으로 딱하고 무모하게까지 생각되었다고 한다. 그러한
심경을 드러낼 수 없어서 마음이 온전히 실리지 않은 위로를 했다는 것
이다. 하여튼 내색하지 않고 꿈의 당위성을 확인시켜준 시인이 고마울
뿐이다. 신 시인과 함께 힘을 실어준 또 한 사람으로 김영남 서예가를 빼
놓을 수 없다. 우리는 삼총사마냥 때로는 사총사가 되어 서로를 위로하
고 자축하며 자신을 추슬러나갔다.

신웅순 시인이 첫 수상록 『시인의 겨울비』를 출간한다고 한다. 그러
면서 필자에게 '얹는 글'을 부탁해왔다. 필자는 흔쾌히 승낙하였다. 단,
작품에 대한 본격적인 비평이 아닌, 수상 한 편 추가한다는 심경으로 집
필해도 좋다는 동의하에서였다. 필자는 자유롭고 편안하게 시인이 제시
하는 내면의 그림을 천착해볼까 한다.

'비'에 대한 서정

'비'는 순우리말로서 같은 뜻을 지닌 한자어 '우雨'보다 촉촉한 정감을
내재하고 있다. '비'에 대한 우리말은 극히 세분화되어 봄비 · 가을비 ·

겨울비와 같이 계절별로 유형화되기도 하지만, 비가 내리는 모습과 강
약에 따라 가랑비 · 는개 · 안개비 · 장대비 · 소낙비 · 실비 · 꽃비 · 장
맛비 등으로 다양하게 나누어진다. 신웅순 시인이 인식하고자 하는 '비'
의 형상은 봄비 · 만추의 비 · 겨울비 · 소나기이다. 봄비 · 만추의 비 ·
겨울비 · 소나기는 시인의 내면에 선명하게 존재하는 비의 이미지가 될
것이다.

그러면 시인은 왜 많지 않은 작품 중 사분의 일에 해당하는 분량을
'비'에 대한 단상으로 형상화하고 있을까? 비는 우선 낙하한다는 특징을
지닌다. '낙하'는 '상승'과 상반되는 의미를 함의함으로써 슬픔을 동반하
고 우리에게 다가온다. 낙엽이 지는 것, 인생 곡선의 하향 등의 이미지는
쓸쓸한 여운으로 인간의 감성을 자극한다. 그래서 비가 오는 날에는 내
면과의 조우가 쉽게 이루어지는 것이다.

인간의 상반적인 감정 상태를 기쁨과 슬픔으로 상정하고 수평선을 중
립에 놓는다면, 기쁨은 수평선 위에 존재하고 슬픔은 수평선 아래에 존
재하게 된다. 수평선을 중심으로 상하의 동일한 거리에 두 감정이 위치
한다고 해도 기쁨의 깊이와 슬픔의 깊이는 결코 동등하지 않다. 기쁨의
시간은 짧지만 슬픔의 시간은 길게 이어진다. 기쁨은 일회적이며 가변
적이지만, 슬픔은 은은하게 울리면서 주체의 감정을 지속적으로 자극한
다. 동일한 거리에 존재하는 동일한 양의 기쁨보다는 슬픔이 더욱 큰 울
림으로 인간의 감정을 조율한다는 뜻이다.

때로 우리는 한 사람의 성공 뒤에 커다란 슬픔이 관련되어 있음을 확
인할 수 있다. 슬픔을 자양분 삼아 실팍한 꽃을 피울 수 있는 것이 바로
인간인 것이다. 다양한 감정 중에서도 깊은 상심을 안겨주는 슬픔은 인
간을 비탄에 빠트려 타락시키는 것이 아니라 새롭게 일어설 수 있도록
추동하는 요인이 되기도 한다. 다만 그 슬픔을 가감 없이 아우를 줄 알아
야 한다는 조건이 따르지만 말이다. 뛰어난 예술작품이 탄생하는 순간

도 그러한 논의가 전제된다는 사실을 명심해야 한다.

이와 같은 이미지를 함의하는 '비'는 물의 형상을 지닌다. 물은 온유하고 겸손하여 낮은 곳으로 흘러들면서 허황되게 치솟으려고 하지 않는다. 비의 이러한 특성은 슬픔의 감정과도 맥락이 닿으면서 노자의 '곡즉전曲卽全'을 명징하게 증명해준다. 그것은 한마디로 '구부러짐은 가장 완벽하다'라는 의미가 될 것이다. 장애물을 만나면 감돌아 흐르지만 물은 끝내 목표하는 곳에 다다르면서 인간에게 많은 교훈을 안겨준다. '비'의 이와 같은 특징들이 시인의 감성을 자극하는 데 유효하게 작용했으리라는 판단이다.

겨울비는 멀리서 오지 않고 멀리도 가지 않는다. 남모르게 왔다가 남모르게 간다. 봄비처럼 서럽게 내리지도 못하고 소나기처럼 뜨겁게 쏟아내지도 못한다. 늦가을 온 산을 붉게 물들이고 늦겨울에야 하얗게 소진된 모습으로 돌아온다.

시장에 가서는 채소, 생선 가격을 묻고 판잣집 문간에서는 이리저리 기웃거린다. 희미한 가로등 불빛 아래에서는 밤새 날을 새고, 아내에게 주려고 붕어빵 한 봉지 사들고 오는 오십대 가장의 처진 어깨 위를 따라오기도 한다.

꽃도 녹음도 낙엽도 다 사라진 뼈만 남은 산천에 추적추적 내리는 겨울비를 바라보노라면 왠지 안쓰럽고 눈물겹다.

−「겨울비」 일부

겨울비는 이순耳順을 넘긴 시인에게 평범한 가장의 모습으로 다가온다. 결코 멀리서 오지 않고, 멀리도 가지 않는 겨울비. 봄비로 환기되는 사춘기나 청년기를 지나고, 소나기 같은 열정의 청장년 시기도 보낸 겨울비는 남모르게 왔다가 조용히 소진되어갈 뿐이다. 겨울비는 재래시장을 서성이며 생선 값과 채소 값을 묻는 서민으로서, 판잣집의 안부가 궁금해 문간을 기웃거리다가도 아내를 위해 붕어빵을 사들고 돌아오는 가난한 가장의 모습이기도 하다.

노스럽 프라이Herman Northrop Frye는 봄 · 여름 · 가을 · 겨울의 이미지를 신화 원형 측면에서 논의한바, 만물이 피어나는 봄을 인간의 청년기로 환기하고, 생명활동이 왕성한 여름은 장년기로 환기하였다. 만물의 생장이 멈추고 조락하는 가을은 인간 생애의 노년기에 해당하며, 겨울은 생명 활동이 멈추어버린 죽음의 상태로 인지하였다.

프라이의 이론에 입각한다면, 겨울비는 열정의 시대를 거쳐 조락의 땅에 내리는 비가 될 것이다. 그러나 겨울로 환기되는 죽음은 아이러니하게도 육신을 초월하여 영혼의 삶이 시작되는 시점이기도 하다. 그렇다면 겨울은 영혼의 눈으로 우주 현상을 조망하는 시기이며, 인간사를 이해와 아량으로 품어 안는 시기이다. 바로 이러한 연유들이 이순의 가장을 겨울비로 환기하게 된 이유라고 하겠다.

나는 고등학교, 대학을 외지에서 다녔다. 그리고 시인이 되기 위해 고향으로 돌아왔다. 그러나 내가 생각했던 고향은 그런 고향이 아니었다. 나에게서 시는 자꾸만 멀어져갔다. 둥지도 틀지 못한 채 삼십이 못 되어 고향을 떠났다.

기약없는 먼 여행길. 출가한 사람처럼 직업도 신분도 버리고 느티나무, 팽나무, 소나무, 둑길, 산길, 바위를 뒤로 한 채 고향을 떠났다. 내가 만든 인연인데 첩첩산중, 깊은 강물을 누구에게 원망하랴. 주경야독의 그런 십여년의 세월을 보냈다.

나는 어느 날 또 한 차례의 옷을 벗었다. 이제는 버릴 수 없는 것까지 다 버렸다. 달랑 바랑 하나 걸머진 채 행자의 길을 떠났다. 가도가도 나를 만나지 못하는 길. 그 길가에서 또 한 차례 십년을 보냈다. 내 인생에 있어서 가장 길고도 먼 시간이었다. 그렇게 삼십은 구름으로, 그렇게 사십은 바람으로 이리저리 떠돌아 다녔다.

-「만추의 비」일부

신웅순은 서천 기산 출생으로 석학이었던 석북石北 신광수를 팔대조로 두고, 석초石艸 시인을 당숙으로 둔 문사 집안의 후손이다. 시인은 선대의 학문과 예술을 본받아 굳건한 뜻을 펼치고자 호號를 석야石野라고 지었다고 한다. 그러나 시인이 공부할 당시는 집안이 어려워 외지로 유학할 형편이 되지 않았다. 그는 서천에서 중학교를 졸업한 후 상업고등학교를 나와 집안을 이끌기를 바랐던 아버지의 소망을 외면한 채 대전고등학교를 선택하지만, 결국은 초등교사가 되어 집안을 돌보지 않을 수 없었다.

교사생활로 집안의 부채를 정리한 시인은 「만추의 비」에서처럼 첫 번째 옷을 벗는다. 초등교단을 떠나 사범대학교에 들어가기 위해 부모 슬하를 떠난 사건을 첫 번째 옷을 벗었다고 표현한 것이다. 원하던 길을 가지 못한 시인은 내내 이름 모를 병에 시달렸다고 한다. 꿈을 포기해야만 했던 상실감은 병명도 모르는 아픔을 몸에 불러들이고 만 것이다.

사범대학교를 졸업하고 중등교사가 되었지만 그 또한 궁극적으로 꿈꾸던 길은 아니었다. 가족에게 미안하여 빠른 길을 선택한 것이 병을 키우는 원인이 된 것이다. 그러는 중에 초등교사인 아내 이인숙과 중매로 결혼했으나 밥 한술 먹지 못하고 병에 시달리자 장인장모님과 아내는 상심이 컸다고 한다. 병의 원인은 시인 자신밖에 누구도 알 리 없었다. 안 되겠다 싶어 중등교단을 사직하고 서울로 올라간 시인은 신산한 학문의 여정을 시작한다.

학비와 생활비를 충당하기 위해 그룹과외 지도를 하고, 동화를 연재하면서 공부했으나 박사논문을 쓰기 위해서는 그 일마저도 버리지 않으면 안 되었다. 그때는 자녀도 둘이나 되었지만 가족을 외면한 채 두 번째 옷을 벗을 수밖에 없었다고 한다. 고군분투한 끝에 박사학위를 취득했으나 그때의 가정 형편은 말할 수 없이 어려웠다. 당시의 허허롭고 막막했던 심경을 "달랑 바랑 하나 걸머진 채 행자의 길을 떠났다."라고 표현

한 것이다. 가족들을 건사하던 밥그릇을 팽개치고 불확실한 미지의 땅
으로 들어선 발걸음이 어떠했을는지는 짐작하고도 남을 만하다.

학문에 대한 꿈을 포기할 수 없어서 첫 번째는 부모를 버렸고, 두 번째
는 아내와 자녀들을 버린 셈이다. 그런 자신을 시인은 '철부지'라고 치부
하기에 이른다. 그러나 자신만을 생각한 철부지의 응석을 아내는 이해
하고 격려하며 받아주었다. 시인에게 아내는 참으로 고마운 친구이며
스승이었다. 그런 아내에 대한 고마움을 시인은 만추의 비를 맞으며 되
새기고 있는 것이다.

내면의 중심에 각인된 그림

어린 시절 각인된 추억의 그림은 내면의 중심에 자리 잡은 채 삶에 지
속적으로 영향을 미친다. 그 추억은 시간의 경과에 영향 받지 않고 기억
의 심층에 존재함으로써 영원한 현재라는 시간적 지위를 부여받기 때문
이다. 어린 시절 강 건너 불어오던 향기로운 바람에 경도된 사람은 어른
이 된 후에도 그 색채, 그 향기를 지닌 바람만을 기억할 뿐이며, 수없이
맞이하는 사계절 역시 어린 시절의 사계가 만들어낸 색채가 재현될 뿐
이다.

그 옛날 아버지께서 만들어주신 팽이 하나가 있었다. 허리가 잘록하고 뾰
족한 팽이였다. 세차게 치고 쉴 새 없이 쳐야만 쓰러지지 않는 팽이였다.
그 팽이가 싫었다. 못생겨서 싫었고, 잘 돌지 않아서 싫었고, 싸움에 져서
싫었다. 내 팽이에 비해 상대방의 팽이는 성능이 매우 뛰어났다. 둥근 몸체에
쇠구슬도 박혀 있는, 기계로 뺀 아주 잘 생긴 팽이였다. 그 팽이와 싸운다는
것은 하나마나한 싸움이었다. 그 팽이는 자주 치지 않아도, 세게 치지 않아도
잘 돌아가는 팽이였다. 그래도 언젠가는 이길 것만 같아 온 힘을 다해 싸웠지

만 한 번도 이길 수가 없었다. 아버지는 왜 나에게 지기만 하는 그런 못생긴
팽이를 만들어주었을까.

―「팽이」 일부

　팽이는 1960~1970년대의 산촌 아이들에게 겨울 놀이기구로서 중요
한 역할을 하였다. 팽이를 직접 돌려보지는 않았지만 남자아이들이 팽
이치기 시합하는 것을 본 적이 있다. 시합에 지는 것이 모든 것들에 대한
패배로 이어지던 미성숙함은 아이들의 눈물샘을 자극하기에 충분하였
다. 기계로 제작한 팽이는 매끈하게 균형이 잡혀 공들이지 않아도 잘 돌
았지만, 나무로 깎아 만든 팽이는 균형이 맞지 않아 곧 쓰러지곤 하였다.
쓰러뜨리지 않으려고 얼굴이 노래질 때까지 팽이채를 내리치지만 미완
의 기구는 주인의 마음을 알아줄 리 없다.
　아버지가 만들어준 못생긴 팽이는 시합할 때마다 날렵하게 돌지 않고
패배만 안겨주었다. 승부욕이 대책 없이 강했던 어린 시절, 시인은 그러
한 팽이를 만들어준 아버지를 원망하기에 이른다. "아버지는 왜 나에게
지기만 하는 그런 못생긴 팽이를 만들어주었을까." 결국 시인은 삶이란
끝없는 팽이치기와 다름없음을 깨닫게 된다. 자신에 대한 끝없는 채찍
질의 시간들이 모여 한 생을 이루고, 채찍질이 느슨해지는 순간 핑그르
르 쓰러지는 팽이처럼 인간의 삶도 자기 성찰이 느슨해질 때 목표를 잃
고 마는 것이다.
　아버지의 팽이는 시인에게 삶의 이치를 깨우쳐주는 구실을 한다. 그리
하여 지금의 자신을 만들어준 것이 아버지의 팽이라고 생각하기에 이른
다. "팽이는 그냥 도는 것이 아니다. 치지 않으면 그 자리에서 쓰러지고
마는 것이 팽이이다. 치지 않으면 일어서지 못하고 평생 불구자가 되는
것이다. 미운 정 고운 정 세상 끝까지 쳐야만 설 수 있는 팽이. 스스로를

쳐야만 살아갈 수 있는 세상에서 가장 외로운 것이 팽이인지도 모른다."

　　낙엽이 우수수 질 때, 함박눈이 소리 없이 내릴 때 들려오는 어머니의 다
듬이 소리를 잊을 수 없다. 강약으로, 약강으로 어디쯤서는 엇박자를 놓으며
대청마루에 단정히 앉아 밤늦도록 또닥또닥 다듬이질을 하고 계셨던 내 어
머니.
　　먼 세월 어느 한켠에서 어머니는 지금도 또닥또닥 다듬이질을 하고 계실
것만 같다. 구겨지고 때 묻은 내 세월들이 아직도 남아 있어, 고향 어디선가
어머니는 다듬이질을 하고 계시는 것인가.
　　촉촉하고 깔깔한, 향긋하고 뽀얀 광목 이불 홑청, 그 빨랫줄에 앉아 지친
날개를 석양빛에 말리고 있던 빨간 고추잠자리. 가을하늘을 배경으로 유년
의 한 페이지에 낙관으로 선명히 찍혀 있다.

－「어머니의 다듬이 소리」 일부

　　작품 「어머니의 다듬이 소리」 역시 어린 시절 각인된 추억이 배경을
이루고 있다. 추억의 그림에는 감각적 이미지들이 총동원되고 있는데,
'또닥또닥' 다듬이질 소리로 형상화되는 청각이미지와 광목 이불 홑청
의 '촉촉하고 깔깔한' 촉각이미지, '뽀얀 이불 홑청'과 '빨간 고추잠자리'
로 형상화되는 시각이미지, '향긋하고'로 형상화되는 후각이미지가 그
것들이다. 이와 같은 이미지들은 내면의 중심에 존재하고 있으면서 문
학적 순간에 구체적인 그리움으로 현현되는 것이다.
　　감각적 이미지들은 자연스러우면서도 확실하게 어린 시절의 그림을
제시해주기 때문에 유년의 추억으로 쉽게 환기된다. 순수추억은 구체적
인 날짜 대신에 계절의 이미지로 존재하는데, 기억 속의 그날은 낙엽이
우수수 지고, 함박눈이 소리 없이 내린다. 그러한 정황은 "가을하늘을
배경으로 유년의 한 페이지에 낙관으로" 찍혀 지워지지 않는 그림이 된
것이다.

다듬이질은 구겨진 베나 옷가지들을 판판하게 펴기 위해 다듬잇돌에 올려놓고 방망이로 두드리는 행위이다. 베가 촉촉한 상태에서 다듬이질 해야만 날실과 씨실이 균일하게 자리 잡아 다림질한 효과를 얻을 수 있다. 합성섬유가 나오기 전에는 목화솜을 날아 짠 광목으로 옷을 만들어 입었다. 여름에는 삼베옷이 전부였고, 겨울에는 광목 겹옷 속에 솜을 넣어 겨울을 나는 것이 최선의 방법이었다. 광목과 삼베는 다듬이질을 필요로 하는 옷감으로서 당시의 여인들은 빨랫감을 삶고 꿰매고 다듬이질 하는 데 많은 시간을 할애할 수밖에 없었다. 따라서 여인들의 노동은 밤이 늦도록 이어지곤 했다.

시인의 직관력은 어머니의 다듬이질 행위에서 아들을 위한 기도를 읽어내기에 이른다. 다듬이질이 구겨진 옷감을 펴기 위한 행위라면, 인간에 대한 다듬이질은 잘못되고 미숙한 부분을 바로잡는 행위가 될 것이다. 어머니는 아들을 위해 평생 다듬이질을 하셨는데, "먼 세월 어느 한 켠에서 지금도 또닥또닥 다듬이질을 하고 계실 것만 같다." 어머니만큼의 나이가 되어서야 어머니의 희생을 인지할 수 있는 것이 우리 인간이라고 하겠다.

나가면서

신웅순은 대학교수이자 시조시인으로, 동화작가로, 서예가로, 정가正歌와 전각篆刻을 공부하면서 열정적인 삶을 견지해온 엔터테이너이다. 그동안 시조집과 학문 서적들을 다수 내놓은 만큼, 그의 산문집 출간은 생경스러운 일이 아니다.

신웅순의 산문은 수필이라기보다는 수상隨想에 가깝다. 수필이 삶의 주변에서 일어나는 사건을 진솔하게 표현한 글이라면, 수상은 필자의 가치관과 상상력이 가미된 글이라는 차이점을 지닌다. 즉, 수필이 현실 생활과 직접적으로 관련된다면, 수상은 다소 형이상학적인 요소를 내재한다고 하겠다.

신웅순의 문장은 간결하고 함축적이며 의미의 비약이 크다. 동류의 문장으로 우리는 황순원의 「소나기」와 이효석의 「낙엽을 태우며」를 인지하고 있다. 이 작품들을 읽을 때 독자들은 서사의 진행 과정에 대한 설명이나 해석을 기대하지 못한다. 작품의 행간은 의미를 함축함으로써 시적인 문장과 비견되기 때문이다. 신웅순의 산문에 구체적인 서술이 부재하는 원인은 시조를 창작하면서 체득된 문장 형식이 관여했기 때문으로 보인다. 이와 같은 문장 형식은 시인이 쓴 산문의 묘미를 한층 고조시켜주는 역할을 한다.

이번 수상록의 문장 형식을 일괄해보면 대부분 설의법적 독백 형식으로 구성된 것을 알 수 있다. 자신을 성찰하면서 내면의 자아와 대화하는 듯한 문장 형식은 수상록적인 특징을 더욱 심화시켜준다. '~하는가', '~는가', '~인가', '~일까' 등 자신을 향한 끝없는 물음은 살아온 날들에 대한 성찰과 반성이기도 하다.

이쯤에서 시조 창작으로 일관하던 시인이 수상의 글을 쓰게 된 이유를 짐작할 수 있겠다. 인생을 고즈넉이 돌아다볼 수 있는 형식으로서 그는 수상을 선택한 것이다. 따라서 이번 수상록은 시인의 창작과 연구와 예술과 인생을 총체적으로 아우른 한 폭의 그림이라고 해도 좋을 것이다.

—푸른사상, 2011년 9월

사람의 길, 산승의 길

◆

심종선의 시세계

들어가면서

고타마 싯다르타Gautama Siddhārtha의 가르침에 따라 불법佛法을 믿고 불도佛道를 닦는 사람 중에 출가하여 수행 · 정진하는 사람을 '승려'라고 한다. 한 번 출가하면 일생 동안 승려로 살다가 입적하는 게 보편적이지만, 더러는 환속하여 사바사계의 이상을 실현하는 데 자신을 바치는 사람도 있다. 불법을 믿고 불도를 닦는 일은 출가하든 안하든 공간에 구애됨이 없을 것이다.

석원昔園 심종선沈鐘善은 아홉 살 때 출가하여 삼십대 초에 하산했다가 오십대에 재 입산한 승려이다. 그의 출가와 환속과 재출가로 이어지는 삶의 패턴은 대략 이십 년을 주기로 이행되어왔다. 그러면서 일곱 권의 시조집을 출간하였고, 다섯 번째 시조집과 합본하여 한 권의 시집을 상재하기도 하였다.

시세계는 시인의 삶의 양태와 세계관을 완전하게 은폐하지 못한다.

차원 높은 은유나 상징으로 속내를 감추려고 해도 옷자락을 들키고 마는 것이 시세계이다. 심종선의 시조는 직유의 공간에서 정서를 공유하고자 하기 때문에 작품세계가 더욱 여실하게 조망된다.

사람으로 살아가기

승려든 세속인이든 '사람'이라는 데 이의를 제기할 사람은 없을 것이다. 필자는 이 글에서 '사람'을 '산승'의 대립어로서 상정하고자 한다. 이러한 구상은 심종선의 시조집 『산승으로 살아가기』와 『사람으로 살아가기』가 그 실마리를 제공해주었다.

심종선의 본격적인 문학 활동은 환속한 이후에 이루어지는데, 첫 시조집 『액자로 걸린 추억』(地平, 1996)이 환속한 이후 출간된 것이 그 증거라고 하겠다. 그는 첫 시조집을 출간하면서 이렇게 술회하고 있다.

"아홉 살의 어린 나이에 힘에 겨운 가난을 벗어 놓고 혼자 산으로 들어갔다. 끝도 없는 말씀의 계단을 오르고 오르기 20년, 회색빛 옷을 입고 가파른 계단을 올랐다. 계단마다 금빛 말씀이 꽃으로 피어 전단향 향기를 뿜어내고 있었다. 그 향기가 이 몸에 뼈가 되어 세상에 바로 설 수 있게 해주었다."

비록 환속했다하더라도, 20년 동안 법천法天을 받들고 법경法經에 몰입한 만큼, 산문山門의 법도를 벗어날 수는 없었을 것이다. 승려로서의 마음가짐과 생활태도가 사바생활의 근간이 되었음을 밝히는 부분이다.

첫 시조집 『액자로 걸린 추억』에서는 '산에 두고 온 마음'을 추억하기도 하지만 '사람으로 살아가기'가 밀도 있게 형상화된다. 특히 육친에 대한 연민이나 아내에 대한 사랑을 형상화하는 작품이 눈에 많이 띈다. "흔들리는 걸음일 땐/ 옆에서 잡아 주고 …… 난 이제 이 손 아니면/ 설 수 없는 반신불수(半身不隨)"(「아내의 손」)와 같은 시구가 그것이다. 이러한 유형의 시세계는 「이사 가던 날」, 「아내를 위한 서시」, 「의자」, 「우렁각시」 등에서도 나타난다.

> 끼니마다 차려놓은 진수성찬 즐기는 이
> 아무도 알지 못했다 당신의 육신보시
> 남은 건 바람 울고 가는 빈껍데기 우렁뿐
>
> 이제 내 살과 피로 빈 우렁 채우리라
> 행복의 꽃 한 송이 거친 손에 안기리라
> 불보살 모신 옆자리 방석 깔아 앉히리
>
> —「우렁각시—무아상(無我相)의 보살」 일부

위 작품에서는 아내를 '우렁각시'에 비유하고 있다. 우렁각시는 민간 설화에 등장하는 여인으로서 모습을 보이지 않은 채 궁색하게 살아가는 총각의 밥과 빨래를 해놓는 희생적인 여인이다. 시인은 아내를 우렁각시에 비유함으로써 그 고마움을 표현하고자 한 것이다. 하지만 설화에 등장하는 우렁각시는 모습을 드러내지 않는다 해서 우렁각시이지, 속이 빈 사실과는 관련이 없다. 속이 비었다는 형상화는 우렁이 새끼들이 어미 몸을 파먹고 자란다는 생물학적 사실을 차용해온 상상력이다. 따라서 이 작품은 설화의 우렁각시 모티프에 우렁이의 생태적 사실을 결부시켜 형상화했다고 할 수 있다. 시인은 빈껍데기만 남은 우렁이에게 "내 살과 피"를 채워줄 뿐만 아니라, "행복의 꽃 한 송이" 안겨주고, "불보살 모신 옆자리"에 "방석 깔아 앉히"겠다고 다짐한다. 아내에 대한 고마움은 불보살과 아내를 동격화하는 경지에 이른 것이다.

이러한 시조들은 전형적인 선남선녀善男善女의 모습을 형상화하는데,

이와 같은 형상화는 가족에 대한 사랑의 표현으로써 종교가 추구하는 이타적 사랑과는 거리가 멀다. 첫 시조집에 가족애가 많이 형상화되는 것은 시인의 환속과 무관하지 않을 것이다. 환속한 시인은 결혼과 함께 자녀를 부양해야 하는 세속의 삶을 외면하지 못했을 것이기 때문이다. 지아비로서 아내에 대한 고마움, 자식을 건사하는 기쁨, 사바생활의 질곡 등은 두 번째 시조집에도 나타나는데,「부부」,「삶의 모습-아내」,「삶의 모습-여름휴가」,「면회-정일에게」,「행복 찾기」등이 그것이다.

달려가는 바람보고 돌이 되라 애가 탔네
흘러가는 구름보고 산이 되라 재촉했네
제 본성 버리라고만 조석기도 올렸네

바람이 바람인 것 멈춤 없이 달리는 일
구름이 구름인 것 하늘 높이 떠도는 일
생명력 넘쳐나는데 가부좌만 틀라했네

그대가 구름이면 이 몸이 새가 되고
그대가 바람이면 강 언덕 풀이 되어
가끔씩 스쳐 만나면 참 좋은 인연이리

-「참 좋은 인연」 전문

위 작품은 바람은 바람이고 돌은 돌일 뿐인데 "바람보고 돌이 되라" 애를 태우고, "흘러가는 구름보고 산이 되라 재촉"하는 어리석음을 질책하고 있다. 바람은 바람답게 멈춤 없이 달리게 하고, 구름은 하늘 높이 흐르도록 구속하지 않는 것이 사물들의 속성을 이해하는 지름길일 것이다. 그리하여 각각의 자유로운 삶에서 "그대가 구름이면 이 몸이 새가 되고/ 그대가 바람이면 강 언덕 풀이 되어/ 가끔씩 스쳐 만나면 참 좋은 인연이" 되는 것이다.

이와 같은 형상화는 생명의 본질을 왜곡시키지 말자는 의미로 받아들일 수 있다. 또한 모든 개체들은 차이만 존재할 뿐이므로 우열優劣이나 미추美醜로써 이분화하면 안 된다는 의미로 해석할 수도 있다. 각각의 본성을 차별 없이 인정할 때 사람으로 살아가는 데 조화로운 세상이 될 것이다.

한편 「참 좋은 인연」은 수행을 강조하는 종교적 행위에 대한 비판으로 수용할 수도 있다. 이러한 짐작은 "생명력 넘쳐나는데 가부좌만 틀라 했네"에서 사실화된다. 생명력이 넘쳐나는 것은 생명체에 자율의지가 팽배해 있을 때 일어나는 현상이다. 힘이 솟구쳐 가만히 있지 못하는 생명체에게 가부좌만 틀라고 강요하는 것은 폭력일 수도 있다. 이러한 논거로써 작품이 옹호하는 자유로운 인간성은 '사람으로 살아가기'가 적절하게 형상화된 예라고 하겠다.

산승으로 살아가기

사람으로 살아가기를 소망했으나 시인은 다시 산승이 되었다. 2009년 현재, 재 입산한 자신의 모습에 대해 태풍을 정면으로 맞은 소나무가 잔가지들을 꺾이고 고요히 앉아 있는 모습을 닮아가고 있다고 고백하고 있다. 20여 년 동안 세속인으로서 행복을 누리기도 했지만 2000년대 들어 병마까지 덮치는 어려움을 맞는다. 재 입산한 지금은 "새벽 동틀 무렵 선정에 들어 있는 금강공원 망미루의 소나무들"과 벗이 된 지 오래이다.

백내장 덮어쓰고
더듬어 온 굴곡의 삶

곧은 길 찾지 못해
헛발질 쏟아냈지

가던 길
밀쳐버리자
밝아오는 정도(正道)여

–「길을 버리니 길이 있더라」 전문

산문에서 돌아보니 속세의 삶은 한 치 앞이 보이지 않는 굴곡의 여정이었다. 백내장 덮어쓴 꼴로 "곧은 길 찾지 못해/ 헛발질"만 해댔을 뿐이다. 속세의 삶을 포기한 지금은 정도正道가 훤하게 보인다. "가던 길"을 밀쳐버린 것은 사바의 삶을 접는 시점일 것이며, 정도正道가 열리는 것은 산문山門에 들어서는 시점이 될 것이다.

"등잔 밑이 어둡다"는 속담이 있듯이, 우리는 가까이서 벌어지는 일들을 제대로 보지 못하고 깨닫지 못한다. 시야가 객관적으로 확보되려면 적당한 거리가 필요하다. 시인 역시 세속의 소용돌이 속에 있을 때는 삶의 가닥을 분별하지 못하다가 산문에 들어선 뒤에야 실체를 보게 된 것이다.

이 작품이 형상화하는 깨달음은 심종선의 변별적인 삶이 피워낸 연꽃이라고 하겠다. 산승이었다가 세속인이었다가 다시 산승이 되는 체험을 하지 않고는 낳을 수 없는 수작이다. 단시조 형태이지만 행간이 품고 있는 의미의 파장은 가시적인 틀을 능가하고 있다.

맨발의 산승(山僧) 길에/ 가시 규범(規範) 춤을 춘다

어울려 놀고 싶지만/ 돌아서는 현실이여

어느 뉘/ 손을 잡아야/ 가문(家門) 하나 이룰까

어떤 색 옷 입어야/ 현기증 걷혀지고

잃어버린 내 법신(法身)을/ 고스란히 만나볼까

도심의/ 빌딩 속에서/ 가부좌 틀고 명상하네

산문(山門)과 사바는/ 피부색 다른 여인

자비심 눈부신 옷감/ 새 옷 한 벌 지어 입혀

두 손에/ 그들을 잡고/ 중도(中道)의 길 걸으리

－「산승(山僧)으로 살아가기」 전문

　　세속의 삶이 어려워 다시 입산했지만 그렇다고 마음이 편안하지만은
않다. 사바에 인연들을 지어놓았고, 백내장 덮어쓴 꼴로 허우적였던 삶
의 회한도 지워버리기 힘들었을 것이다. 산문도 환속하기 이전의 산문
이 아니었다. 사바에 머무는 동안 세속의 법도에 익숙해진데다 산문 역
시 시류의 변화를 피해가지 못했기 때문이다. 재 입산한 시인은 산문의
이방인으로서 극심한 혼란을 겪는다. "어떤 색 옷 입어야/ 현기증 걷혀
지고// 잃어버린 내 법신(法身)을/ 고스란히 만나볼까" 하는 시구가 그러
한 고민을 내밀하게 보여준다. 맨발로 찾아든 산승 길에 까다로운 규범
들만이 상처를 덧낼 뿐이다.
　　고심하던 시인은 사바세계와 산문山門을 둘 다 인정하기로 한다. 사바
와 산문은 피부색이 다른 여인일 뿐 어느 쪽이 낫고 어느 쪽이 모자라지

않다는 결론을 내린 것이다. 자비심으로써 두 여인을 건사하며 중도의
길을 걷는 것이 최선임을 인식한 것이다.

고타마 싯다르타는 극심한 고행을 통해 해탈하고자 했으나 뜻을 이루
지 못하고 숲으로 들어가 보리수菩提樹 아래서 선정에 들던 중 깨달음(菩
提 bodhi)을 얻었다. 깨달음을 얻은 그는 제일 먼저 녹야원鹿野苑으로 가
서 함께 고행하던 다섯 비구를 만난다. 그들에게 고행이나 쾌락주의의
양 극단을 피하고 중도를 따라 수행할 것을 권하고, 자신이 깨달은 네 가
지 진리四聖諦와 여덟 가지 바른 길八正道에 대해 설법하였다.

석가의 체험에서도 알 수 있듯이 깨달음은 극단의 수행이나 쾌락으로
얻어지지 않는다. 그 둘을 이해하고 자비로움으로 품을 때 깨달음은 찾
아든다고 하겠다. 따라서 심종선이 산문과 사바를 아우르는 중도의 길
을 찾은 것은 적절한 선택이라고 할 수 있다.

타고난 징그러움 저주가 힘에 겨워
껍질을 찢어내고 원죄 누명 털어본다
한 겹 더 벗겨낼수록 커져가는 이 업보

위선과 탐욕으로 누비된 내 이름을
껍질째 벗겨내면 나는 어떤 목숨일까
이 모습 그대로일까 전혀 낯선 타인일까

오늘도 선방 앉아 몸과 마음 휘어 감는
번뇌들과 한판 전쟁 사생결단 치르누나
언젠가 땅을 박차고 청용(靑龍)으로 서리라

                                        −「뱀」 전문

인용한 작품에서 시적 화자는 '뱀'으로 형상화된다. 뱀은 에덴동산에

서 최초의 인류에게 선악과를 따먹게 함으로써 선악을 구별하고, 부끄러움을 느끼도록 만든 악마 원형이다. 기독교적으로 해석하면, 그 후로 인류는 낙원을 상실하고 원죄를 짊어진 채 살아가면서 뱀을 징그럽고 저주스런 동물로 인식하게 된다. 시적 화자인 뱀은 "저주가 힘에 겨워/ 껍질을 찢어내고 원죄 누명"을 벗겨보려 하지만, "한 겹 더 벗겨낼수록" 업보는 커져만 갈 뿐이다.

"위선과 탐욕으로 누비된 내 이름을/ 껍질째 벗겨내면 나는 어떤 목숨일까/ 이 모습 그대로일까 전혀 낯선 타인일까." 시인은 뱀이 허물을 벗듯 이름에 덧씌워진 위선과 탐욕을 벗어버리고 싶다. 허물을 벗겨내고 새로운 '나'를 만나기를 소망하는 것이다. 정체성을 찾기 위한 치열한 탐구가 생생하게 전해지는 작품이다.

「뱀」은 수행하는 화자를 등장시킴으로써 '산승으로 살아가기'를 구현한 작품이라고 하겠다. 이 외에도 '산승으로 살아가기'에 해당하는 작품들은 수행을 통해 진리, 적멸, 공空, 열반, 생멸의 경지에 들고자 하는 내용들이 주류를 이룬다.

나가면서

심종선은 금강경을 현대적으로 재문맥화하여 세 번째 시조집 『머무는 곳 없이 네 마음 흘러라』를 출간하였고, 반야심경을 재문맥화하여 『염화미소를 꿈꾸며』를 출간하였다. 이들 작품집은 승려로서의 삶이 빚어낸 큰 업적이라고 할 수 있다. 금강경과 반야심경을 완독하지 않고는 현대적으로 재문맥화하기 어려울 것이기 때문이다. 이 작품들은 종교적인 가치가 지대하지만 이 글의 의도에는 맞지 않아 다루지 않았다.

심종선의 시세계를 종합하면, 환속한 후에 본격적인 작품 활동이 이루어진 만큼 제1시조집과 제2시조집 중심으로는 '사람으로 살아가기'가 밀도 있게 구현되고 있었다. 환속하지 않았다면 체험하지 못했을 가족애인 만큼 그 절절함은 보편적인 기준을 상회하고 있다. 세 번째부터 다섯 번째 시조집까지는 불경을 재해석하는 작품들이 주를 이룬다. 이들 작품군은 '산승으로 살아가기'를 구현한 묶음이라고 할 수 있다. 그러나 2000년대 후반 재 입산한 시인은 산승으로도, 사람으로도 이름 지워질 수 없는 자신을 발견하고, 고심 끝에 중도의 길을 찾는다. 대승보살로서 오득悟得하는 일만이 자신답게 사는 길임을 깨달은 것이다.

시인의 작품을 '사람으로 살아가기'와 '산승으로 살아가기'로 유형화한 것은 작품을 효과적으로 탐색하기 위하여 재단한 것일 뿐, 종교적인 관점에서는 가당치않은 일이 될는지도 모른다. '산승으로 살아가기'와 '사람으로 살아가기'는 궁극적인 구경究竟에선 어떠한 차이점도 없을 것이다. 사람이든 산승이든 불법佛法을 믿고 불도佛道를 닦으며 깨달음을 지향한다는 점에서는 다를 바 없기 때문이다.

"산거山居라 해서 무량선행無量善行, 무량덕행無量德行하는 것은 아니다. 때로는 속거俗居가 산거보다 맑고 밝을 수 있다."(金尙勳,『액자로 걸린 추억』서문) 이 말은 반드시 산승으로서 수행해야만 깨달음을 얻는 것이 아니라는 의미이다. 부처는 권력과 물질과 귀천의 차별이 없이 생명 있는 모든 것들 속에 잠들어 있다. 국왕에게도, 저자거리의 여인에게도 부처는 내밀하게 존재한다. 깨달음으로 내 안의 부처를 깨우는 자만이 진정한 부처가 될 것이다. 따라서 부처는 산문이나 사바, 어느 곳에도 귀속되지 않는 존재이다. 사바에 발 담그고 있더라도 주변을 가꾸고 고통스런 이들과 함께하는 영혼이 맑고 밝은 이유가 여기에 있다.

—『불교문예』, 2010년 봄호

허정(虛靜)의 상상력

◆

김영석의『모든 돌은 한때 새였다』

들어가면서

1990년대의 문학은 탈식민주의, 해체주의를 근간으로 성차별의 극복과 인간해방을 추구하고, 사회구조에 만연해 있는 식민성을 극복하는 데 그 목적을 두었다. 이러한 문학적 흐름은 이전의 논제들과 변별성을 보이면서 인간정신의 각성에 이바지하였고, 그에 상응하는 성과를 이룬 것이 사실이다. 그러나 첨단의 과학과 기술문명이 그 우월성에 고조되어 자제력을 잃어갈 때, 사회구조를 비판하고 자유로운 인간성 실현을 위한 문학 행위만으로는 무언가 부족함을 절감하지 않을 수 없다.

이에 대한 각성으로 출현한 것이 생태주의, 생태페미니즘 문학이다. 생태주의는 산업화, 문명화로부터 야기되는 폐해를 고발하고, 지구 생태계를 보존하기 위해 학문 영역으로부터 시작되었으나 차츰 예술 전반으로 확산되면서 문학 부문에도 활발하게 접목되고 있다. 생태페미니즘 문학은 파괴되는 자연을 가부장제사회문화에서 사회적 약자의 위치에 놓여 있는 여성, 노동자 등과 동등하게 인식함으로써 상정되는 문학행위이다.

산업주의가 도래하기 전 사람들은 자연에 순응하는 삶을 살았고, 자연에 대해 결코 오만하지 않았다. 그러나 차츰 편리함과 안락함만을 추구하면서 개발과 발전이라는 미명하에 자연을 변형시켜나갔다. 인간들의 무분별한 자연 개발은 생태계 파괴로 이어지고, 생태계 파괴는 지구온난화와 폭우, 폭설 등의 재앙을 불러오고 말았다. 이러한 문제들이 야기되는 시점에서 김영석의 시를 주목해보지 않을 수 없다. 현대문학이 추구하는 생태주의, 자연주의는 '도道의 시학'에서 김영석이 천착하는 노장사상과 동일한 궁극을 지향한다. 결국 생태주의는 노장사상이라는 거대한 바다로 진입하기 위한 한 지류인 것이다.

기계문명을 만들어내고 영위하는 인간은 어떠한 정신의 소유자여야 하는가. 김영석은 그에 대한 해답을 작품에 구현함으로써 문제의 실마리를 풀고자 한다. 그가『모든 돌은 한때 새였다』에서 구현하는 세계는 인간 본질에 대해 성찰해볼 수 있는 일말의 계기를 마련해준다.

김영석은 등단한 지 20여년이 지난 후에야『썩지 않는 슬픔』(창작과비평사, 1992)을 펴내고,『나는 거기에 없었다』(시와시학사, 1999),『모든 돌은 한때 새였다』(시와시학사, 2003),『외눈이 마을 그 짐승』(문학동네, 2007)을 출간한 시인이다. 첫 시집부터 "정확한 조사措辭와 강인한 시정신으로 엄격하고 절제된 시세계"를 구축한 것으로 평가받은 그는 "일회용의 상품 문화와 경박한 속물주의에 합류하지 않는 모습"으로서 시적 태도를 견지해오고 있다.

김영석은 시집을 상재할 때마다 '사설시'라고 명명되는 '이야기' 형식의 실험시에 페이지의 일정 부분을 할애해왔다. 사설시는 한 작품이 몇 페이지에 걸쳐 이어지기 때문에 설화나 민담을 옮겨놓은 것으로 자칫 오해할 수도 있다.『모든 돌은 한때 새였다』의 서문인「세설암(洗雪庵)

을 찾아서」 또한 사설시의 연장선상에 놓인다.

'도道'는 시간과 공간의 경계를 허물고, 있음과 없음의 경계도 무너뜨리는 현묘한 자리에 존재한다. 김영석이 도를 연구하는 학자라는 사실은 그의 시가 '도'와 무관하지 않으리라는 추측을 낳고, 이러한 추측은 그가 '몰자풍沒字風' 혹은 '무현풍無絃風'의 시세계를 추구한다고 고백함으로써 사실로 확인된다. 김영석은 몰자풍 혹은 무현풍의 시어를 도입함으로써, 말이 지닌 의미의 틀을 넘어서는 높은 경지의 시세계를 보여줄 수 있다고 믿은 것이다.

沒字豐碑   비바람에 깎여 사라진 글자들은
(몰자풍비)   오히려 빗돌에 깊은 뜻을 더하고

古調無絃   그윽하고 현묘한 옛 가락이야
(고조무현)   끊어진 거문고 줄에서 울려오나니

—「세설암(洗雪庵)을 찾아서」 일부

허정(虛靜)의 세계

『모든 돌은 한때 새였다』는 '세설암'이라는 상상 속의 암자와 그 암자의 주인 '세설대사'와의 비현실적 만남으로부터 시작된다. 김영석은 애초에 이 희한한 인연의 몫을 다해야겠다는 책임감으로 「세설암시초(洗雪庵詩抄)」 연작시를 쓰기 시작했다고 한다. 그러다가 연작시의 틀을 깨고 재구성하여 시집 『모든 돌은 한때 새였다』로 묶은 것이다.

거울을 깨고 보라
꽃같이 잠든

이름 모를 한 마리 짐승
그 짐승의 잠 위에 내려 쌓이는
흰 눈을 보라

-「꽃」 전문

인용시 「꽃」을 이해하려면 세설대사가 지었다는 게송을 숙지해야 한다. 그러나 세설대사가 지었다는 게송은 김영석이 사설시 속에 자신의 도를 구현해놓은 것일 뿐이다. 때문에 게송에는 김영석이 추구하는 도가 함축되어 나타난다.

心鏡隨萬境(심경수만경)　　온갖 이름과 모양을 따라
　　　　　　　　　　　　　늘 새로 태어나는 마음의 거울이여

鏡境實一幽(경경실일유)　　거울도 거울 속 세상도
　　　　　　　　　　　　　다 같이 고요의 곁인 것을

隨流見花開(수류견화개)　　만 가지 흐름을 따라
　　　　　　　　　　　　　꽃 피는 걸 보건만은

元無幽無花(원무유무화)　　처음부터 고요는 볼 수 없나니
　　　　　　　　　　　　　어드메 그 꽃 찾아볼 수 있으리

-「세설암(洗雪庵)을 찾아서」 일부

마음을 비우고 맑게 두면 허(虛)와 정(靜)의 상태에 들게 되고, 허정은 순수의식, 순수지각으로 미적 관조의 근원이 된다. 우주적 직관이나 심미적 관조의 근원이 되는 허정은 물, 고요, 거울 등에 비유되기도 하는데 인용시 「꽃」에서는 거울로 비유되고 있다. 「꽃」에 형상화되는 '거울'은

게송의 "온갖 이름과 모양을 따라/ 늘 새로 태어나는 마음의 거울"에서의 '거울'과 같은 의미를 내포한다. "온갖 이름과 모양을 따라" 마음의 거울이 태어난다고 하는 것은, 허정의 상태에서 내 마음에 새겨지는 결[상]에 따라 사물의 이름이 지어지고 형상이 지어지는 것을 의미한다. 그 마음의 거울을 깨고 들여다보면 "꽃같이 잠든/ 이름 모를 한 마리 짐승"이 보이고, "그 짐승의 잠 위에 내려 쌓이는/ 흰 눈"이 보인다. 여기에서 "꽃같이 잠든/ 이름 모를 한 마리 짐승"이나, "그 짐승의 잠 위에 내려 쌓이는/ 흰 눈"은 물리적인 현상이 아니라 시인의 마음속에 생성되는 상상력의 소산이다.

"꽃같이 잠든/ 이름 모를 한 마리 짐승"은 시인이 허구로써 지은 암자의 유적을 의미한다. 세설암의 유적들은 시공을 뛰어넘어 한 마리 짐승처럼 잠들어 있다. '짐승'의 이미지를 짚어보면 계산이 틈입하지 않은 순진무구를 상정할 수 있다. 인간의 행동이 많은 생각을 기반으로 가공되었다면, 짐승은 생각과 행동이 즉시적이며 단일적이다. 더구나 그런 짐승이 잠들어 있다면 그 천진함은 비할 바가 없을 것이다. 잠들어 있는 시공간은 비시간의 영역으로서 '영원'의 의미와도 맥락이 닿는다. 김영석은 허물어져 제멋대로 흩어진 세설암의 유적들을 영원 속의 상징물, 순정한 자연물로서 상정한 것이다.

그런데 그 유적 "위에 내려 쌓이는 흰 눈"에서 '흰 눈'을 주목해야 한다. '흰 눈'은 삼천갑자 동방삭의 전설에 나오는 '세설洗雪'의 의미와 시적 상상력이 맞닿아 있다. 김영석에 의하면, "설백雪白이 있기 위해서는 설현雪玄이 있어야 하고, 설현 또한 설백이 없으면 있을 수 없다. 그것은 음양의 이치와 같이 상의호근相依互根의 관계로서, 사사무애事事無碍의 이치와도, 반야적 즉비卽非의 논리에도 맞는다. 그러할 때 '세설'의 속뜻은 설현을 씻는다는 말이 되고, 현玄은 검다는 뜻과 함께 현묘한 도를 나타내기도 하므로, 결국 세설은 염착染着을 여의고 도를 닦는다는 말이

된다"(「세설암을 찾아서」)고 하였다.

　이러한 논거로써 '흰 눈'은 자연 현상으로서의 '흰 눈'이 아니라, 염착을 여의고 닦아야 하는 도를 의미한다는 것을 알 수 있다. 「꽃」에 형상화되는 '흰 눈'은 시 「좌정」에서 "흰 눈도 깨끗이 씻어/ 마른 뼈로 좌정하니"의 '흰 눈'의 의미와도 상통한다. 우주적 직관력을 지니게 되는 허정의 상태, 즉 허정의 상태에서 그윽이 보니 천년의 유적 위에 깨끗이 씻어야 할 염착으로서의 '흰 눈'이 쌓이고 있는 것이다.

　　　　사람인 내가 신을 생각하면
　　　　아주 크고 온전한 하나의 고요
　　　　그것 말고는 아무 것도 생각할 수 없습니다
　　　　사람의 말이란 하면 할수록
　　　　자디잘게 깨어지는 거울 조각 같아서
　　　　무엇 하나 온전히 비출 수 없어
　　　　매양 서로 부딪치며 시끄럽기 때문입니다
　　　　그러나 또한 사람의 말은
　　　　어느 결 덧없이 녹고 마는 눈송이 같아
　　　　고요의 거울은 늘 씻은 듯 온전합니다
　　　　신이 어찌 말하겠습니까
　　　　고요가 더는 어찌할 수 없는 지경에서
　　　　싹으로 트고 꽃봉오리로 벙글고
　　　　더러는 바람으로 갈꽃을 그려 내지만
　　　　봄 여름 가을 겨울
　　　　천지가 어찌 말하겠습니까
　　　　바로 지금 조용히 바라보세요
　　　　고요의 거울 속
　　　　꽃가지 그림자에
　　　　작은 벌레 한 마리 기어갑니다.

―「고요의 거울」 전문

언어는 상호 소통의 구실을 하지만, 한편으로는 마음을 어지럽히고 혼란을 일으키는 매체가 되기도 한다. 그래서 수행승들이 수행하는 동안 묵언하기도 하는 것이다. 마음을 무념무상의 상태에 두고 우주 만상을 들여다보면 맑은 거울에 그 본체가 드러난다. 말이 많을수록 마음의 거울은 잘게 부서지고, 마음결 따라 생성되는 만상은 흐트러진다. 그러나 사람의 말은 "덧없이 녹고 마는 눈송이 같아/ 고요의 거울은 늘 씻은 듯 온전"(「고요의 거울」)하기도 해서 다행스러울 뿐이다.

「고요의 거울」에서 "사람인 내가 신을 생각"하려면 우선 겸허한 마음을 지녀야 하는데, 이는 곧 허정의 상태로 들기 위한 마음가짐이라고 할 수 있다. 마음을 닦고 숙연하게 구도하면 크고 온전한 마음의 고요가 오고, 고요가 무르익으면 "더는 어찌할 수 없는 지경에서/ 싹으로 트고 꽃봉오리"가 벙그는 것처럼, 고요에서만 생성되는 삼라만상이 보인다. 이것은 생각을 바로 하고 세상을 여유롭게 관조觀照하라는 주문일 것이다. 그리하면 고요한 마음결 따라 연민어린 눈이 열리게 되고, "꽃가지 그림자에/ 작은 벌레 한 마리"가 기어가는 것까지도 보일 것이다.

시끄러운 언어에 둘러싸여 우리는 관조할 시간이 없고, 언어 너머에 존재하는 생각들을 잡을 수가 없다. 그러나 숙연하게 신을 생각하면 온전한 고요 속에서 미세한 사물들까지도 관찰할 수 있는 눈이 열린다. 여기서 '작은 벌레'는 미세한 자연의 이치를 비유한 것이라고 할 수 있다.

시 「바람이 일러 주는 말」을 보면, "맨 처음에 길은/ 내 마음의 실마리에서 시작"되었고, "맨 처음에 꽃은/ 내 마음의 빛깔을 풀어놓은 것"이며, 강물도 새도 "먼 옛날/ 내 마음이 아기자기 자라난 것이라고" 형상화하고 있다. 우주의 현상을 바람이 일러준 것이라고 형상화한 것은 마음의 숨결에 따라 이름과 모양, 색깔이 생성되는 도를 표현한 것이라고 할 수 있다. 그것은 "내 귀에 속삭이는 바람이/ 바로 내 마음의 숨결"이라는 시구가 증명한다. 내 마음의 결에 따라 길이 생기고 꽃이 피어나고 새들도 날 수 있으며, 강물이 생성된다는 시적 형상화는 도에서 유효한 상상력이 될 것이다.

장자는 「각의」에서 "정신은 사방으로 트이고 흘러서 이르지 않는 곳이 없다. 위로는 하늘에 닿고 아래로는 땅에 도사린다"고 했다. 그와 같은 원리로 "멀고 가까운 온 누리 돌아서/ 아득한 별까지 두루" 돌아다닐 수 있는 것이 인간의 정신이다. 마음을 허정의 상태에 두면 우주 현상을 직관할 수 있으며, 우주적인 직관력을 지닐 때 닿지 못하는 곳이 없을 것이다.

생멸하는 우주의 원리

모든 돌은 한때 새였다.

하늘에서 오래는 머물지 못하고
새는 제 몸무게로 떨어져
돌 속에 깊이 잠든다

풀잎에 머물던 이슬이
이내 하늘로 돌아가듯
흰 구름이 이윽고 빗물 되어 돌아오듯

어두운 새의 형상
돌 속에는 지금
새가 물고 있던 한 올 지평선과 푸른 하늘이
흰 구름 곁을 스치던
은빛 바람의 날개가 잠들어 있다.

—「모든 돌은 한때 새였다」 전문

김영석은 "세설대사의 법력으로 이곳 동관음사가 생기고 없어졌다는 말이 마치 모든 것들이 세설대사의 일대 환작幻作이었다는 말로 들렸다"(「세설암을 찾아서」)라고 고백한다. 그러한 인식은 인간이 나고 죽는 것과, 꽃이 피고 지는 현상 또한 환작의 산물이 아닐까 하는 데까지 미치게 된다. 그리하여 아득한 세월 너머 생성되고 소멸해간 현상을 바탕으로 시인은 「모든 돌은 한때 새였다」라고 단정하기에 이른다. 돌과 새의 이미지는 아주 낯설고 멀다. 낯설고 먼 이미지의 병치일수록 시적 긴장감이 팽팽해진다는 것은 익히 아는 사실이다.

러시아 형식주의자들의 '낯설게 하기' 기법을 들지 않더라도 돌이 새일 수 있는 근거는 다분히 존재한다. 우주의 모든 사물은 물水과 불火과 흙土과 기氣의 합성체로서 생성과 소멸을 반복한다. 인간이 죽으면 흙이 되고 물이 되고, 바람과 불이 되어 다른 사물의 생성에 원자를 보태준다. 태어나는 모든 생명체들은 우주의 네 원자를 받아들여 형상을 이루는 것이다. 이처럼 우주 만물은 서로에게 원자를 주고받으며 끊임없이 몸을 바꾸어간다. 따라서 돌과 새의 형질 속에는 새의 요소와 돌의 요소가 공존한다고 하겠다. 새의 요소가 99퍼센트를 차지할 때 새로서 형상지어질 것이며, 돌의 요소가 99퍼센트일 때 돌의 형상이 될 것이다.

이러한 맥락으로써 시 「버려둔 뜨락」의 해석도 가능하다. 「버려둔 뜨락」이 상정하고 있는 공간 역시 승려들이 한때 기거하며 도를 닦았던 세설암 터이다. 김영석은 온갖 잡초가 우거진 세설암 터를 "절로 깊어졌다", "깊은 생각에 잠겼다"라고 표현함으로써 숙연하고도 적막한 우주의 현상을 형상화하고 있다.

'버려둔 뜨락'에서 '버려둔'이라는 말 속에는 의도적으로 방치해놓았다는 의미가 함의된다. 뜨락을 의도적으로 방치한 행위의 이면에는 천년 인연의 현장을 인위적으로 바꾸어놓고 싶지 않은 시인의 의지가 숨어 있다. 김영석은 세설암 터에 흩어진 돌과 잡초들이 제멋대로 누워서도 인연의 몫을 충분히 해낸다는 것을 인지한 것이다. 그리하여 "마음대로/ 저 돌들을 치우고/ 잡초를 뽑을 수 없다는 것을/ 조용히 깨"닫는다.

인간은 '있다'와 '없다', '깨끗하다'와 '더럽다', '거칠다'와 '부드럽다'로 규정하는 상대적 인식에 길들여져 있다. 그러나 영원히 깨끗한 것이 없으며 영원히 더러운 것이 없고, 일관적으로 거친 것도 없다. 더러운 것은 깨끗해지려고 하고, 거친 것은 부드러워지려고 노력한다. 우주 현상은 끊임없이 변화하며 모자람을 보충하고, 과한 것을 덜어내려는 전일성의 세계를 추구한다.

이러한 논거에 따라 모든 돌은 한때 새였을 수도 있고, 바람이었을 수도 있다는 가설이 가능하다. 또한 인간의 가슴속에 새가 잠들고 호랑이가 잠들고, 돌이 잠들 수 있다는 가설도 세울 수 있다. "풀잎에 머물던 이슬이/ 이내 하늘로 돌아가듯/ 흰 구름이 이윽고 빗물 되어 돌아오듯" "돌 속에는 지금" "은빛 바람의 날개가 잠들어" 있다는 형상화는 이러한 우주 순환의 원리가 바탕이 되었다고 할 수 있다.

무위자연(無爲自然)의 삶

노장사상은 자연주의에 깊은 뿌리를 두고 있다. 자연주의 철학을 대표하는 사상으로 '무위자연無爲自然'을 들 수 있으며, 무위자연은 사람의 힘을 더하지 않은 그대로의 자연 또는 그러한 이상적인 경지를 의미한다. 무위無爲를 글자 그대로 해석하면 '아무 일도 하지 않는다'라는 뜻이 되지만, 그 속뜻은 새삼스럽게 아무 흔적도 남기지 않는다는 의미이다. 동양의 선종禪宗은 아무 것에도 매이지 않고, 아무 것도 구하지 않는 이상적인 경지를 무위라고도 하였다.

나는 거지라네
몸도 마음도 다 거지라네
천지의 밥을 빌어다가
다시 말하면
햇빛과 공기와 물과 낟알을 빌어다가
세상에서 보고 겪은
온갖 잡동사니를 빌어다가
마른 수수깡으로 성글게 엮듯
잠시 나를 지었다네
달이 뜨면 달빛이 새어 들고
마파람 하늬바람 거침없이 지나간다네
그래도 거지는
빌어 온 것들로 날마다 꿈을 꾸고
빌어 온 물과 소금으로 눈물을 만든다네
나는 처음부터 빈털터리 거지였다네.

−「거지의 노래」 전문

「세설암을 찾아서」에서 구현되는 학초學樵 노인의 이야기를 간취하면 다음과 같다.

"아주 먼 옛날, 맨발에 성한 곳이 없는 누더기를 걸치고, 누더기 걸망을 멘 거지 하나가 이 마을로 들어왔다. 그 거지는 형제봉 중 제일 높은 영설봉靈雪峰 밑 어딘가에 바람막이 암자를 짓고 살았는데 그 이름이 세설암이었다. 나중에야 사람들은 그 거지가 평생 아무 것도 지니지 않고 살아가면서 두타행頭陀行하는 선사라는 것을 알았다. 그리고 그가 묵언黙言 수행하고 있다는 것도 알게 되었다. 그 뒤로 사람들은 그를 세설대사라고 불렀다."

거지의 개념을 국어사전에서 찾아보면, '남에게 빌어서 얻어먹고 사는 사람'이라고 되어 있다. 남에게 빌어먹고 사는 이유는 가진 것이 없어

199 제3부 사람의 길, 산승의 길

서일 것이고, 가진 것이 없는 사람은 두 유형으로 나눌 수 있다. 하나는 게으르거나 능력이 없어서 물질을 얻지 못한 사람이고, 다른 하나는 자의적으로 물질을 멀리한 사람인데 세설대사는 후자에 속한다고 하겠다.

물질에 대한 욕망은 더 큰 욕망을 잉태한다. 따라서 물질은 속세의 번뇌를 버리고 불도를 닦는 두타행에는 방해가 될 뿐이다. 마음의 거울 또한 산만해져 만물의 본체를 보지 못하고 자연과 소통할 수도 없다. 그래서 두타행하는 선사들은 빈털터리로 떠돌며 괴로운 가운데 깨달음을 얻고자 하는 것이다.

학초 노인의 이야기를 들은 김영석은 시「거지의 노래」에서 "햇빛과 공기와 물과 낟알을 빌어다가/ 세상에서 보고 겪은/ 온갖 잡동사니를 빌어다가/ 마른 수수깡으로 성글게 엮듯/ 잠시 나를 지었"다고 노래하기에 이른다. 자신의 몸뚱이를 짓는 데는 물질뿐만 아니라 "세상에서 보고 겪은/ 온갖 잡동사니"까지도 필요했던 것이다.

온갖 동물과 식물, 광물은 네 요소의 합성체이며 분해되었다가 합성되는 순환을 거듭한다고 했다. 그러고 보면 우리의 몸도 거지였던 것이 분명하다. 우주에서 필요한 원자를 빌어다가 잠시 몸의 형상을 지었을 뿐이기 때문이다. 우주적 시간 속에서 우리의 삶은 찰나에 불과하므로 그야말로 "잠시 나를 지"었을 뿐이다. 그렇게 해서 지은 몸은 성글어서 "달이 뜨면 달빛이 새어 들고/ 마파람 하늬바람"이 "거침없이 지나"간다. 몸속으로 달빛이 새어들고 마파람이 통과한다는 것은 욕심 없는 몸뚱이를 담보할 때만이 가능할 것이다.

"그래도 거지는/ 빌어 온 것들로 날마다 꿈을 꾸고/ 빌어 온 물과 소금으로 눈물을 만"들기도 한다. 눈물을 만드는 행위는 지극히 인간적이다. 김영석은 이 시에서 우주적인 존재임과 동시에 감정을 지닌 인간을 형상화하고자 한 것이다.

첩첩산중에서 이따금 만나게 되는
전생부터 나를 기다리고 있었다는 듯한
그 서늘한 염주나무
산길을 가던 중이 때가 되어
그만 가부좌한 채 입적한 뒤
들고 있던 염주가 싹이 터 자란다는
그 영검스런 나무가
황금빛 꽃송이마다 입이 되어 묻는다
그대는 누구인가
어디로 가고 있는가

—「황금빛 꽃」일부

　스님들이 산속에서 좌선한 채 열반하면 지니고 있던 염주가 싹을 틔워 자란 것이 염주나무라고 한다. 영설봉에 그 나무가 유난히 많은 것은 세설대사와 들어왔던 선사들이 모두 그 산에서 열반하였음을 추측케 한다. 마을 사람들에게 선사들이 들어오는 것은 목격되었어도 나가는 모습은 보이지 않았기 때문이다. 두타승들은 거지로 떠돌며 수행하다가 죽음조차 풍장으로 마무리하는 것이다.

　주검을 자연에 돌려주는 대표적인 예로 티베트 사람들이 행하는 조장鳥葬이 있다. 조장은 사람이 죽으면 육신을 조각내어 독수리에게 먹이로 주는 장례 의식이다. 그들에 의하면, 영혼이 떠나버린 육신을 새들에게 주는 것은 최후의 친절이라는 것이다. 죽은 자의 영혼은 자신을 먹은 독수리와 함께 하늘로 올라가 자유를 누린다고 믿는다. 그들은 가지지 않은 자의 자유로움을 인식하고 실천하면서 무위자연의 삶을 살아간 것이다.

　시「황금빛 꽃」을 보면, 세설암과 세설대사의 흔적을 찾아 산속을 헤맸으나 그들은 보이지 않고 염주나무만 무성하다. 김영석은 염주나무를 열반한 두타승으로서 인식한다. 그리하여 염주나무 아래서 눈을 감자 황금빛 꽃들이 입을 모아 묻는다. "그대는 누구인가/ 어디로 가고 있는가." 그러나 이것은 염주나무 꽃들이 묻는 것이 아니라 김영석이 자신에게 던지는 물음이라고 할 수 있다. '나는 누구인가. 그리고 어디로 가고 있는가.' 이 물음은 김영석의 화두이자 우리 모두의 화두라고 하겠다.

나가면서

첨단과학과 가상현실의 세계에서 인문정신은 고리타분한 관념에 지나지 않을 뿐더러 기술 발달에 일말의 기여가치가 없는 정신세계로 치부되어왔다. 그러나 인문정신이 부재한 기술발달은 기계들의 원리로 움직이는 기계들의 세상을 만들 뿐이다. 그러한 세상에서 인간은 기계의 노예로 전락할 수밖에 없다.

21세기의 문학은 인간의 평등과 자율성을 실현하기 위해 페미니즘, 탈식민주의, 해체주의를 거쳐 생태주의까지 제고해왔다. 더 이상 통쾌한 대안으로서의 이데올로기가 출현하지 않는 지금, 우리는 다시 오래된 사상을 거슬러보지 않을 수 없다. 그것은 '오래된 것에서 찾는 새로움'이 될 것이며, 벼랑까지 달려온 현대인에게 참신한 정신세계를 제시해줄 것이기 때문이다.

노장사상은 자연의 이법을 거스르지 않는 공존의 삶을 최고의 이상으로 상정함으로써 인간을 자연의 일부로서 인식하였다. 이것은 인간을 만물의 영장으로, 자연의 지배자로 인식한 서양의 인간중심주의와 반대되는 입장으로 유·불·선 삼교와 어울려 '도道'라는 형이상학을 낳았다. 마음을 맑게 하여 허정의 상태에 들면 순수의식, 순수지각을 하게 되고, 그것은 곧 미적 관조로 이어지며, 미적 관조로써 우주 만물을 들여다보면 연민과 사랑의 마음을 지니게 될 것이다. 금속성 이미지가 난무하는 현실에서 연민과 사랑으로 참다운 인간미를 고양할 수 있다면 그보다 바람직한 일은 없을 것이다.

생태주의 문학이 지향하는 지구 생태계 보존의 문제는 우주 전일성의 회복과 동일한 맥락을 지닌다. 손상된 자연은 전일성이 깨짐으로써 재앙으로 환원된다는 논리를 공통적으로 함의하기 때문이다. 이러한 측면에서 김영석의 시세계는 김지하의 생명사상과도 맥이 닿아 있다. 김지하의 생명사상은 만물에 생명이 깃들어 있음을 강조하는데, 이 역시 노장사상에 닿기 위한 한 방법론이라는 판단이다.

김영석은 '도'라는 형이상학을 현대시에 구현하고자 노력하였다. 그 결과 그의 시들은 관념적이며 현실과 동떨어져 있다고 비난받기도 하였다. 삶은 지고한 정신만이 토대가 되지 않으며 형이하학적인 요소를 자양분 삼아 영위해가는 측면도 있다고 본 때문이다. 이것은 곧 애환 어린 삶의 모습이 더욱 시적일 수 있다는 말로 환원할 수 있겠다. 하지만 "요가의 행자는 일단 해탈에 이르면 돌아오지 않지만, 남을 섬길 뜻이 있는 사람은 이런 식의 탈출은 하지 않는다. 구도의 궁극적인 과녁은 자기만을 위한 해탈이나 몰아沒我가 아닌, 동아리를 섬기기 위한 지혜와 권능을 얻는 것"이라고 한 조셉 캠벨의 말을 빌린다면, 김영석의 시를 옹호할 수 있는 근거는 충분하다고 하겠다.

—『진안문학』, 2010년 제18호

현대시에 나타나는 여신들의 원형

◆

데메테르 · 아르테미스 · 헤스티아를 중심으로

들어가면서

칼 구스타프 융Jung, Carl Gustav은 개인의 무의식에 선재되어 있는 집단무의식을 밝혀냄으로써 심리학에 원형 개념을 도입하였다. 그의 분석심리학 이론은 신화와 의식의 관계를 규명하면서 1930년대 이후 문학작품 연구에 많은 영향을 미쳤다. 융은 작품의 주제 · 이미지 · 인물 · 구성 · 상징 등에 보편적 · 집단적인 무의식을 상정함으로써 새로운 연구를 가능하도록 하였다.

신화는 인간의 삶을 반영한 문학작품이다. 개인의 무의식 속에는 집단무의식으로 상정되는 신들의 원형이 내재하기 때문에 인간의 내적 욕망이 표현되는 시작품 역시 신들의 원형이 내재할 수밖에 없다. 신화와 문학의 이러한 관계에 맥락을 두고 작품을 해석 · 평가하려는 자들이 바로 신화 비평가이다.

신화는 서로 다른 원형들이 화해하고 대립하며 엮어가는 원형들의 이야기이기도 하다. 신화 속의 신들은 인간의 모습을 닮았지만 그 힘이 인간보다 훨씬 세거나 다양하게 나타나고 있을 뿐이다. 이것은 집단무의식으로 내재하는 인류의 소망이 신들의 행위를 통해 재현되는 것이라고 하겠다.

'진 시노다 볼린'은『우리 속에 있는 여신들』과『우리 속에 있는 남신들』에서 그리스 신화의 신들을 의인화함으로써 인간의 심리를 체계적으로 분석하였다. 신화 속의 신들의 행동 유형은 인간의 본성을 치밀하게 재현하기 때문에 그들을 의인화한 볼린의 연구는 합리적이며 객관적이라고 판단된다.

진 시노다 볼린은 정신과 의사로서 상담 현장의 경험을 토대로, 우리가 겪는 갈등이 어디에 놓여 있는가, 어떻게 하면 더욱더 통합된 인격체가 될 수 있는가에 대해 상세히 설명하고 있다. 우리의 내부에는 여러 원형이 잠재하고 있으면서 상황에 따라 활동적인 원형이 다르게 나타나는데 특정한 원형이 한 사람을 오랫동안 독점한다면 문제가 발생할 것이다. 그러한 상황을 헤쳐 나가기 위해 자신을 지배하는 원형이 무엇인가, 어느 원형의 도움을 받아야 하는가에 관심을 두고 인물의 원형을 연구하였다. 그녀의 연구 목적은 무의식으로 잠재하는 내부의 원형과 순응을 요구하는 고정 관념을 통틀어 분석함으로써 인간의 조화로운 삶이 어디에 놓여 있는가를 밝혀내는 일이라고 할 수 있겠다.

그리스 신화에는 여러 신이 등장하지만 이 글에서는 아르테미스 · 헤스티아 · 데메테르 원형의 양상을 나태주 · 안현심 · 문희봉 · 진동규의 시에서 찾아보기로 하겠다. 이 글이 언급하는 원형의 양상은『우리 속에 있는 여신들』에서 피력한 볼린의 견해에 따른 것임을 밝힌다.

현대시에 나타나는 여신들의 원형

1) 데메테르 원형

그리스 신화는 약 삼천 년 동안 인간의 상상력 속에 유지되어 왔다. 그 중 데메테르는 곡식의 수호신이자 양육자, 어머니로 상징되는 여신이다. 그녀는 모성 원형으로서 심리적·육체적·영적으로 남들을 보살핌으로써 그 본능을 충족시켰다. 모성 원형은 남들을 보살피고, 베풀고 싶은 욕구가 생기도록 하며, 또한 그 역할들에 만족하는 원형이다.

시방도 기다리고 계실 것이다,
외할머니는.

손자들이
오나오나 해서
흰옷 입고 흰버선 신고

조마조마
고목나무 아래
오두막집에서.
손자들이 오면 주려고
물렁감도 따다 놓으시고
상수리묵도 쑤어 두시고

오나오나 혹시나 해서
고갯마루에 올라
들길을 보며.
조마조마 혼자서
기다리고 계실 것이다,
시방도 언덕에 서서만 계실 것이다,

흰옷 입은 외할머니는.

─나태주, 「외할머니」 전문

　나태주 산문집 『외할머니랑 소쩍새랑』을 보면 외할머니에 대한 추억
이 자세하게 기술되어 있다. 그의 외할머니는 외동딸(나태주의 어머니)
을 둔 젊은 과부였다. 그런 외할머니의 외로움을 달래주기 위해 나태주
는 어려서부터 외할머니와 함께 살았다. 나태주에게 외할머니는 어머니
이상의 자리에 있었으며, 외할머니에게 외손자는 보살핌이 필요한 자식
이었다. 고집부리고 떼쓰는 어린 손자를 달래며 사는 것이 외할머니의
유일한 낙이었다. 『외할머니랑 소쩍새랑』의 서시를 보면,

　" …… 조이창문이 두 개 달린 집/ 두 개 가운데 하나만 불이 켜져서/
밤마다 나는 황금의 불빛 아래/ 숨쉬는 조그만 알이 되고/ 아침마다 나
는 솜털이 부스스한 어린 새 새끼 되어/ 알껍질을 열고 나오고/ 외할머
니 늘 조심스런 눈초리로/ 지켜보고 계셨다 ……"

　외할머니의 보호를 받으며 행복했던 시인의 모습이 여실하게 형상화
된 시이다. 외할머니는 외손자가 잠들기까지 뒷산 너머 여우 이야기며,
곶감을 무서워하는 호랑이 이야기를 들려줬을 것이다. 그리고 아침이면
눈곱이 끼고, 볼에 침 흐른 자국이 있을지라도 사랑스럽게 품었을 것이
다. 그런데 시인은 자라서 외할머니의 둥지를 떠나오게 된다. 세상살이
가 벅차서 자주 찾아뵙지 못할 것은 자명한 일이지만 외할머니는 "시방
도 기다리고 계실 것이다" "손자들이/ 오나오나 해서/ 흰옷 입고 흰버선
신고" "조마조마/ 고목나무 아래/ 오두막집에서" 물렁감을 주워놓고, 상
수리묵도 쑤어놓고 기다릴 것이다.

　말할 것도 없이 물렁감과 상수리묵은 시인이 좋아하던 음식이며, 어
린 날 외할머니와 공유한 추억의 매개물이다. 자신을 위한 삶을 설계하

지 않고 자식의 삶이 곧 그들의 삶이라고 믿었던 어머니. 그들의 마음속 깊은 곳에는 데메테르가 살고 있다.

딸애를 데리고 친정에 가서
어머니와 셋이 한 방에서 잔다
이불을 걷어차고 알몸으로 자는
딸애 챙기기에 여념이 없는 내게
어머니가 정성스레 이불을 덮어준다
고목 등걸로 누워
자식을 보살피는 팔순 어머니
가슴까지 덮어주며 다독이는
손길에 깨어, 밤 내내
걸어보는 촉촉한 오솔길.

―안현심, 「손길」 전문

　시인은 어느 날 딸을 데리고 친정에 가서 팔순의 어머니와 같이 자게 된다. 그녀는 자신의 이불이 걷힌 줄도 모르고 딸의 이불을 살피는 데 정신을 쏟는다. 그러다가 자신이 딸에게 하는 것처럼, 어머니가 이불을 덮어주는 것을 깨닫고 깜짝 놀란다. 아무리 나이든 딸일지라도 어머니의 눈에는 보살펴주어야 할 자식에 불과했던 것이다. 기막히고도 아름다운 내리사랑의 정경이다. 우리는 부모의 사랑에 보답하지 못하고 자식에게만 정성을 다할 뿐이다. 사람의 형상을 잃어버린 채 **뼈**만 앙상하게 고목이 된 어머니. 몸 하나 추스르기도 힘든 어머니의 사랑을 감지한 시인이 잠을 못 이룬 것은 당연하다고 하겠다.

나를 떼어내 버리는 만큼
달은 토실토실 살이 찬다

버리고 버려서 작아진 만큼
나무는 무럭무럭 키가 큰다

내 외로움 베어먹고
실하게 살이 오르는 아이

나는 마른 꽃대가 된다
가는 대궁 속에 사리 하나 문.

—안현심, 「아름다운 비례」 전문

시 「아름다운 비례」도 모성 본능을 형상화한다. 앞의 시가 어머니의 모성을 형상화했다면, 이 시는 시인 자신의 모성을 구현한다는 차이점이 있을 뿐이다. 때로 어머니는 자식을 위해 많은 희생을 감내하는데 물리적인 법칙에서는 주는 만큼 작아지고 쪼그라드는 것이 원칙이다. 그런데도 불구하고 '아름다운 비례'라고 환기한 것은 자식을 위해서라면 자신의 살이 빠져나가는 것도 기꺼이 받아들이는 어머니의 마음이 적절하게 표현된 예라고 하겠다. 아이를 위해 자신을 기꺼이 내어주는 삶. 아이는 어머니의 외로움으로 마련한 비옥한 토양에서 마음껏 호흡하며 거침없이 자랄 것이다.

2) 아르테미스 원형

그리스 신화에서 아르테미스는 사냥과 달의 수호신으로 그려진다. 아르테미스 여신은 고통 받는 자들과 힘없는 여성, 어린이들에 대한 배려를 많이 지니고 있었다. 자신의 목표를 향해 흔들림 없이 나아가며, 자신이 여성이라는 사실에 만족하면서 있는 그대로를 받아들이는 자신감 있는 여성이다.

209 제3부 사람의 길, 산승의 길

시대에 따라 그 시대가 원하는 여성상은 다르게 마련이다. 원시시대 이후 여성의 힘이 막강했던 모계사회가 있었는가 하면, 여성이 억압당하고 고통 받았던 중세 가부장제사회가 있었다. 21세기에는 여성의 인권이 많이 신장되었지만 가부장제사회문화의 벽을 넘어서기에는 아직도 갈 길이 멀다. 현대 사회와 같이 선구적인 여성을 필요로 할 때, 아르테미스 여성의 역할은 다양하게 요구된다고 하겠다. 남성들 속에서 주눅 들지 않고 자신의 일을 올바르게 해내는 아르테미스가 많을수록 조화로운 사회가 될 것이다.

아르테미스는 자신의 아이를 고집하지 않는다. 입양하든지, 고아원의 아이를 돌보면서 내 아이, 네 아이를 구분하지 않는다. 학대받는 여성의 구출 방안을 모색하면서 그들을 위한 법적 장치를 고안하기도 한다. 그는 동정심이 많은 반면 남성과 여성을 구분하지 않는 자유로운 여성을 의인화한다.

은발의 노부부가 사는 집
이층 구석방 하나 얻어들었네
올 겨울 크리스마스 축제를 기다린다며
축제에 내놓을 물건을 만들고 있었네
1920년부터 밤낮없이 삐걱이는 목조건물
한방에서 뒹굴고 잠드는 강아지
눈먼 강아지 컹컹 짖는 소리도 새기고
이층 계단의 삐걱거림도 만들고 있었네
세 살 지나던 딸, 미운 일곱 되던 아들
그 코리안 입양아 둘을 길러내었다네
크리스마스에 내놓을 것이라네
지금은 장성하여 떠나간 아이들
그 아이들 즐거워하던 장난감
그 아이들에게 들려주던 자장가

일 년 내내 흥얼거리며 만들고 있었네.

—진동규,「스톡홀름 인상」 전문

스톡홀름에 체류할 당시 "은발의 노부부가 사는 집/ 이층 구석방"에 세 들어 살던 시인은 날마다 노부부의 일상을 훔쳐볼 수 있었다. 올 겨울 크리스마스에 내놓을 물건을 만든다면서 그들은 "한방에서 뒹굴고 잠드는 강아지/ 눈먼 강아지 컹컹 짖는 소리도 새기고/ 이층 계단의 삐걱거림도 만들고 있"더란다. 궁핍하게 살면서도 세 살짜리 딸과 일곱 살짜리 한국 입양아를 길러내었고, 그 아이들에게 들려주던 자장가를 흥얼거리면서 "그 아이들이 즐거워하던 장난감"을 만들고 있었다.

자신의 아이도 키우기 힘들다고 엄살 부리는데 지구 반대쪽에서 태어난 황색인종 아이들을 어떻게 길러냈을까. 노부부가 혈통에 연유되지 않은 아이를 돌볼 수 있었던 것은 혈통주의를 배격하고 인류애를 실천하는 아르테미스 원형이 내면에서 활동적이었기 때문이라고 하겠다. 시인이 받은 아름다운 감동이 한 편의 시를 창조해낸 것이다. 노부부는 아르테미스와 함께 사는 법을 알았고, 그를 실천하고 있다.

허리 구부러진 고물장수 할머니가 리어카 끄는 걸 보며 운다. 길가에 쓸쓸히 서 있는 아일 보며 운다. 침묵으로 흐르는 강물을 보며 운다. 어머니란 한마디 외우기도 전에 목울대가 먼저 운다.

그러나
불의에 맞설 때,
어려운 일 앞에서는
눈물 한 방울 보이지 않는
단호한 목숨.

—안현심,「이율배반」 전문

우리나라도 고령화 사회를 넘어 고령사회로 들어섰다. 젊은 사람들은 결혼의 필요성을 느끼지 않으며 결혼해도 아이를 낳으려고 하지 않는다. 노년에 스스로 살아갈 힘을 지닌 사람은 많지 않은데 그를 부양할 젊은이들이 부족하다. 이러한 현상은 여러 가지 양상으로 사회문제가 되고 있다. 따라서 아르테미스 여성은 사회복지시설이나 학대받는 여성들의 쉼터, 재활을 위한 시설에서 일하면서 대책 마련을 위해 고심한다.

시인이 「이율배반」을 쓸 당시 내면에 아르테미스 원형이 활동적이었음은 말할 나위 없겠다. 자신과 관련이 없는 "고물장수 할머니가 리어카 끄는 걸 보며" 울고, "길가에 쓸쓸히 서 있는 아일 보며" 울기도 한다. 그 아이는 틀림없이 부모로부터, 사회로부터 버림받은 아이일 것이다. 이처럼 힘없고 나약한 것들에 대한 이끌림은 아르테미스 원형이 지닌 특징이라고 하겠다.

아르테미스는 힘없고 나약한 것들 때문에 눈물을 흘리지만 불의를 보았을 때는 참지 않는 경향을 지니고 있다. 정의와 진실을 규명하기 위해서는 어떠한 시련이 닥친다 해도 뜻을 굽히지 않는 강인함을 지닌다. 호주제를 폐지한다든지, 학대받는 여성을 위해 가족법을 개정하는 등 가부장제의 폐해와 맞서 싸우는 데는 앞장서서 일한다. 남성들의 지탄에도 개의치 않고 "불의에 맞설 때,/ 어려운 일 앞에서는/ 눈물 한 방울 보이지 않는/ 단호한 목숨"이 되는 것이다.

종이 나부랭이
가지러 오는 고물장수 할머니
조금 가져가도 세탁비누를 내민다
다른 데나 주라고 하면
다음에는 꼭 받으란다.

기역자로 굽은 허리 안쓰러워

종이 뭉치 끌어다주면
새댁은 참 마음씨도 좋구랴,
허리 구부린 채 내밀던
나무껍질 같은 손

헌 종이가 차오를 때면
어김없이 찾아오던 할머니,
웬일인지 오질 않는다
앓아누웠을까, 리어카 밀다 차에 치었을까
아니지, 버렸던 자식이
모셔갔는지도 모르지.

―안현심, 「아니지」 전문

「아니지」의 할머니는 「이율배반」에서 구현하는 할머니와 동일 인물이다. 시인의 일터로 할머니는 헌 종이를 가지러 오고, 할머니의 굽은 허리가 안쓰러운 시인은 폐지를 리어카에 실어주기도 한다. 종이 값이 얼마 되지 않을 텐데 할머니는 세탁비누를 주려고 하고, 시인은 받지 않는다. 할머니가 한 푼이라도 더 벌어서 어렵지 않게 되기를 바라기 때문이다. 그런데 종이가 많이 모아졌는데 할머니가 오지 않는다. "앓아누웠을까, 리어카 밀다 차에 치었을까". 그렇지 않아도 리어카에 매달린 채 차도를 횡단하는 모습이 아슬아슬하여 사고라도 나지 않을까 걱정하던 터였다. 시인은 불안한 마음을 달래기 위해 긍정적으로 반전을 꾀한다. "아니지, 버렸던 자식이/ 모셔갔는지도 모르지."

할머니는 이 시대 노인의 모습을 대변한다. 자식만 키우면 고생한 보람이 있을 줄 알았건만 자식들은 제 가족을 꾸리기에도 전전긍긍한다. 늙어서 스스로 살아갈 수 있도록 대책을 마련해놓은 사람은 몇이나 될까. 이러한 현실을 직시하면서 아르테미스 여신은 노인들을 보살필 방법을 생각하고, 버림받은 아이들의 미래를 걱정하는 것이다.

3) 헤스티아 원형

신화에 등장하는 헤스티아는 화로와 신전을 지키는 수호신이며 영적
으로 느껴지는 존재이다. 헤스티아는 모험을 하러 황야에 나가지 않으
며 집안이나 신전, 화로에 담겨져 있는 모습으로 우리에게 다가온다. 헤
스티아는 자신 내부의 주관적 경험에 관심을 기울이며 명상에 들 때면
몰입할 수 있는 원형이기도 하다. 헤스티아의 초연함은 세상 사람들이
좇는 재산이나 권력, 명예에 집착하지 않으며, 있는 그대로의 모습을 인
정할 줄 안다. 말없이 일을 처리하면서 누가 알아주기를 바라지 않는 헤
스티아는 내면이 성숙한 여성의 원형이다.

> 천리향 한 그루 내 집에 와서
> 슈바이처 정신으로 살고 있다
>
> 영산홍 화사하게
> 철쭉 고상하게
> 치자도 고유 향을
>
> 그래도 천리향만 할까
>
> 우리집은 갑자기
> 고급 향수 가게가 되었다.

—문희봉, 「천리향」 전문

이 시는 '당신'이라는 부제가 붙어 있다. 당신은 말할 것도 없이 시인
의 아내를 지칭할 것이다. 헤스티아는 바깥으로 나돌지 않고 집안을 가

꾸면서 내면을 다스리는 여성의 원형이다. 어디서든 튀는 행동을 하지 않으며 있는 듯 없는 듯 조용하다.

시인은 헤스티아 원형을 지닌 아내에게 고마움을 느끼고 있다. 아내는 "천리향 한 그루"로 "내 집에 와서/ 슈바이처 정신으로 살고 있"는 것이다. 슈바이처는 독일계의 프랑스 의사로 남부럽지 않은 가문에서 출생하여 편안한 삶을 보장받을 수 있었다. 그런데도 그는 피아니스트의 길을 접고 의사가 되어 문명의 혜택을 누리지 못하는 아프리카로 떠났다. 시인은 아내를 슈바이처에 비유함으로써 자신보다 가족을 더 섬긴다는 사실을 부각시킨 것이다. 영산홍도 화사하고, 철쭉도 고상하고, 치자도 고유의 향기가 있지만 천리향만은 못하다면서 아내를 은근히 칭송하고 있다. 이 시도 밖으로 나돌지 않고 꽃을 가꾸며 가정을 가꾸어가는 헤스티아 원형이 적절하게 구현되었다고 하겠다.

    사랑하는 마음
    내게 있어도
    사랑한다는 말
    차마 건네지 못하고 삽니다
    사랑한다는 그 말 끝까지
    감당할 수 없기 때문

    모진 마음
    내게 있어도
    모진 말
    차마 하지 못하고 삽니다
    나도 모진 말 남들한테 들으면
    오래오래 잊혀지지 않기 때문
    외롭고 슬픈 마음
    내게 있어도
    외롭고 슬프다는 말

차마 하지 못하고 삽니다
외롭고 슬픈 말 남들한테 들으면
나도 덩달아 외롭고 슬퍼지기 때문

사랑하는 마음을 아끼며
삽니다
모진 마음을 달래며
삽니다
될수록 외롭고 슬픈 마음을
숨기며 삽니다.

—나태주, 「사랑하는 마음 내게 있어도」 전문

　내가 하고 싶은 말이나 행동하기 전에 타자의 입장을 배려한다면 신중할 수밖에 없고, 사랑한다는 말 또한 섣불리 내놓을 수 없다. 사랑한다는 말을 세상에 뱉어놓으면 행위에 대한 책임이 따르기 마련이다. 그래서 "모진 마음/ 내게 있어도/ 모진 말/ 차마 하지 못하고" 사는 것이 인간이다. 깊이 생각하지 않은 말과 행동이 얼마나 남의 마음을 아프게 하는가를 우리는 익히 보아온 터이다.

　내면세계에 집중하여 명상하다보면 세상의 이법을 터득하게 되고, 이법을 터득한 사람은 남을 배려하면서 사랑하는 마음도 아끼고, 모진 마음도 달래며 살게 될 것이다. 이 시가 탄생할 당시 시인의 마음속에 이해심 깊은 헤스티아가 살고 있었음이 분명하다.

황산대교 아래 황산옥에 와서
금강을 보며 술을 마신다
지난 날 소금배 드나들고
팔도 상인들 붐비던 나루
변하지 않는 것은 아무 것도 없다

한때 영화는 추억일 뿐,
출렁이는 강물에 겨울바람 스친다
청둥오리 떼지어 자맥질하다
통통배 소리에 후드득 날아올라
점점이 사라지는 잿빛 하늘
겨울로 드는 십일월 어름,
말없는 강물을 보며
나는 어디까지 달려왔는가
그리고 어디에 닿을 것인가
모진 걸음 옮겨온 강어귀에서
뒤돌아 나를 보고 있다.

—안현심, 「뒤돌아보는 강물」 전문

논산의 강경과 부여의 세도면 사이엔 금강이 흐르고, 두 지방을 잇는 긴 다리가 바로 황산대교이다. 전북 장수의 뜬봉샘에서 발원한 금강은 금산, 공주, 부여, 강경을 에돌아 아름다운 옷자락을 쓸어간다. 일제 강점기에 강경은 최적의 상업도시였다. 그 시절 황산나루에 붐비던 황포 돛배 사진을 보면 그 위용을 짐작할 수 있다.

한때의 영화가 되어버린 쓸쓸한 나루에 '황산옥'이라는 허름한 술집이 있었다. 그 집은 강경 출신 박용래 시인이 자주 찾던 곳이라서 훗날에 글쟁이들이 박용래 시인의 자취를 더듬는 순례지가 되었다. 때는 십일월, 조금은 쌀쌀하고 을씨년스런 강나루, '눈물의 시인' 박용래의 숨소리라도 들을 수 있을까 하고 쓰러져가는 황산옥에서 소주 한잔 기울이고 있었으리라. 물비늘 반짝이는 강물엔 청둥오리가 평화롭게 유영하는데, 시인은 헤스티아 원형을 활성화시켜 사색에 잠긴다.

인간이 인지하는 한 '절대진리'란 없으며, 세상의 모든 현상은 끊임없이 변화해간다. 끊임없이 움직이며 생성되는 욕망이 삶을 끌어가고, 삶의 덩어리는 또 움직이며 변화한다. 시인의 사색이 여기에 이르면 허무를 인식하게 되지만, 그것은 삶을 피폐화시키는 허무가 아니라 새로운 삶을 제시해주는 여분의 미학이다. 이쯤에서 우주와 숨 쉬고 있는 생명의 경이로움에 감사하며 눈시울이 젖지 않을 수 없다. 광활한 우주에 생명으로 태어나 어렵게 광야를 걸어왔을 것이고, 앞으로는 어디에 닿을 것인가. 내가 주체로서 생을 이끌지만 뜻대로 되지만은 않는 것이 삶이다. 내 삶은 물과 바람과 나무와 풀과, 날아다니는 새들까지도 힘을 합쳐 만들어낸 생성물이다. 나는 그들과 화해하고 대립하며 시공을 달려온 것이다.

헤스티아는 스스로 빛을 발하는 여신이다. 스스로를 태워 신전에 불을 밝히고 집안을 밝힌다. 모습은 드러내지 않고 안으로 익어서 마침내 빛으로 승화되는 여신이다. 이 시를 쓸 당시 헤스티아 원형이 시인의 상상력을 자극했다고 할 수 있다. 헤스티아는 시인을 통해 애정 어린 눈길로 세상을 관찰하고 있는 것이다.

나가면서

지금까지 그리스 신화에 등장하는 데메테르와 아르테미스, 헤스티아 원형이 아홉 편의 시에 어떠한 양상으로 나타나는지 살펴보았다. 그 결과 나태주의 「외할머니」에는 '자식에게 희생하는 어머니'의 원형이 구현되고 있었다. 그 어머니는 자식을 위하여 삶을 다 내어주고도 무한한 희생을 감내하는 어머니이다. 안현심의 「손길」에선 몸도 추스르기 힘든 어머니가 자식을 보살피는 정경이 그려진다. 아무리 나이든 자식이라 할지라도 보호받아야 할 대상에 불과하다는 모성 본능이 구현된 것이다. 「아름다운 비례」에서도 어머니의 희생이 묘사되고 있다. 어머니는 자식을 위해서라면 살점이라도 떼어줄 수 있으며, 아이는 그러한 희생을 받아먹고 무럭무럭 자란다는 형상화이다.

아르테미스 원형을 구현하는 진동규의 「스톡홀름 인상」에서는 우리나라에서 버린 아이를 혈통에 연연하지 않고 입양하여 기른 스톡홀름 노부부의 모습이 형상화된다. 한편, 안현심의 「이율배반」과 「아니지」는 자매시라고 할 수 있다. 두 편에 그려지는 할머니는 동일 인물이며 고물장수를 하고 있다. 허리 구부러진 할머니가 폐지 줍는 것을 안타까워하는 것은 아르테미스 원형의 주된 성향이라고 하겠다.

헤스티아 원형은 문희봉의 「천리향」과 나태주의 「사랑하는 마음 내게 있어도」, 안현심의 「뒤돌아보는 강물」이 구현하고 있었다. 문희봉은 시집와서 조용히 집을 가꾸며 살아준 아내를 고마워하고 있으며, 나태주는 행위를 하기에 앞서 남을 배려하자고 역설한다. 그런가하면 안현심은 내면세계에 몰입하여 명상하는 헤스티아 원형을 구현하고 있었다. 이들이 보여주는 원형의 양상들은 모두 헤스티아 원형이 지닌 성향들이다.

—『창조문학』, 2009년 겨울호

물푸레나무 주술을 듣다

초판 1쇄 인쇄일 | 2012년 4월 23일
초판 1쇄 발행일 | 2012년 4월 25일

지은이 | 안현심
펴낸이 | 정진이
출판이사 | 김성달
편집이사 | 박지연
책임편집 | 이하나
본문편집 | 정유진 이원숙
디자인 | 김현경 장정옥 조수연
마케팅 | 정찬용
영업관리 | 김정훈 권준기 정용현 천수정
인쇄처 | 월드문화사
펴낸곳 | 새미
등록일 2005 03 14 제25100-2009-8호
서울시 강동구 성내동 447-11 현영빌딩 2층
Tel 442-4623 Fax 442-4625
www.kookhak.co.kr
kookhak2001@hanmail.net

ISBN | 978-89-5628-595-5 *03810
가격 | 20,000원